Bia

3 4028 10252 7745
HARRIS COUNTY PUBLIC LIBRARY

WITHDRAWN

MÁS ALLÁ DEL ESCÁNDALO
Caitlin Crews

D1714422

Editado por Harlequin Ibérica.
Una división de HarperCollins Ibérica, S.A.
Núñez de Balboa, 56
28001 Madrid

© 2011 Caitlin Crews
© 2019 Harlequin Ibérica, una división de HarperCollins Ibérica, S.A.
Más allá del escándalo, n.º 2716 - 24.7.19
Título original: Heiress Behind the Headlines
Publicada originalmente por Harlequin Enterprises, Ltd.Este título fue publicado originalmente en español en 2012

I.S.B.N.: 978-84-1328-123-0
Depósito legal: M-17728-2019
Impreso en España por: BLACK PRINT
Fecha impresion para Argentina: 20.1.20
Distribuidor exclusivo para España: LOGISTA
Distribuidor para México: Distibuidora Intermex, S.A. de C.V.
Distribuidores para Argentina: Interior, DGP, S.A. Alvarado 2118.
Cap. Fed./Buenos Aires y Gran Buenos Aires, VACCARO HNOS.

Capítulo 1

CLARISSA Whitney se le torció la suerte cuando se abrió la puerta del restaurante. Era noviembre y hacía frío. No dejaba de llover y el viento se colaba cada vez que alguien abría la puerta.

Desde la ventana podía ver cómo las furiosas olas del Atlántico golpeaban las rocas de esa apartada isla. Pertenecía al estado de Maine, pero en esa época del año nadie la visitaba. Por eso la había elegido. Había muy pocas casas allí y en esos momentos estaba en el único restaurante del pueblo. Había esperado no tener que encontrarse con nadie y poder estar sola. Llevaba varios días así.

Por eso se quedó sin respiración al verlo entrar en el restaurante. Se le hizo un nudo en el estómago al ver a ese hombre. Cerró un instante los ojos, casi creyendo que su imaginación le estaba jugando una mala pasada y que podría conseguir que desapareciera. Pero no lo consiguió. Era Jack Endicott Sutton el que había entrado y se quitaba en esos momentos una gabardina empapada por la lluvia.

—No puede ser… No Jack Sutton, por favor… —susurró ella mientras apretaba con fuerza su taza de café.

Pero no podía conseguir que se esfumara solo deseándolo. Estaba allí y era él. No podía ser otra persona.

Lo había reconocido al instante, pero sabía que le habría pasado lo mismo a cualquier persona. Tenía grabada en su mente la imagen de ese rostro atractivo y muy masculino. Le resultaba tan conocido como el de cualquier estrella de cine de las que salían en las revistas. De hecho, Jack había pasado algún tiempo apareciendo a menudo en ese tipo de prensa.

Pero para ella era alguien más conocido aún, ya que lo había conocido personalmente.

Vio que llevaba una camiseta negra de manga larga que dibujaba a la perfección su torso, pantalones vaqueros bastante gastados y botas. Le extrañaba verlo vestido así, cuando normalmente no se quitaba sus trajes de Armani. Estaba fuera de lugar, más acostumbrado a moverse en los selectos ambientes de Manhattan. Allí, casi parecía uno más de los clientes que estaban comiendo o tomando un café en el restaurante. Pero él destacaba por encima de los demás.

Le costaba verlo como uno más en cualquier circunstancia. Jack Sutton siempre destacaba y no pudo evitar que se le acelerara el corazón un poco.

Procedía de una prestigiosa familia. Era mucho más que un hombre extraordinariamente atractivo con maravillosos ojos del color del chocolate y pelo oscuro. Llevaba con elegancia y cierta despreocupación pertenecer a la familia a la que pertenecía, como si fuera un privilegio que todos conocían, pero del que él prefería no presumir. Bastaba con ver cómo se movía, el poder y la arrogancia que transmitía, para darse cuenta de que procedía de los Brahmins de Boston y de los Knickerbocker de Nueva York, dos de las familias más prominentes durante la edad dorada de la alta sociedad en Manhattan. Sus predecesores habían sido grandes empresarios, líderes y visionarios, hombres generosos y dados a la filantropía. Y él era el heredero perfecto de esa saga: fuerte, atractivo, engreído y con cierto aire peligroso.

Sabía muy bien quién era y de dónde venía. Ella procedía del mismo tipo de familia. Pero para Larissa era algo más. Era su peor pesadilla y en esos momentos acababa de dejarla sin escapatoria.

Frustrada y enfadada, se dio cuenta de que ni siquiera

parecía ser capaz de esconderse y alejarse del resto del mundo.

Pero se dio cuenta de que no tenía motivos para ponerse nerviosa. Se hundió un poco más en su asiento y ajustó la capucha de su sudadera, esperaba que no la reconociera. Ese gesto le recordó lo que estaba haciendo en esa isla, tratando de esconderse de lo que había sido hasta entonces su vida.

Apartó la vista y dejó de observar al que muchos consideraban el soltero de oro de Manhattan para concentrarse en el océano. Las olas seguían golpeando la costa con fuerza. Trató de convencerse de que no iba a reconocerla. Llevaba varios meses fuera de Nueva York y no le había dicho a nadie adónde iba a ir. Además, le parecía imposible que alguien esperara encontrarla en esa isla casi desierta y olvidada, a años luz del salón de belleza más cercano. Durante ese tiempo, había relajado mucho su aspecto. Llevaba pantalones vaqueros y sudaderas. A modo de maquillaje, un poco de brillo en sus labios y nada más. Además, se había cortado su larga y famosa melena rubia y llevaba el pelo teñido de negro. Su intención había sido evitar que la reconocieran, sobre todo si tenía la mala suerte de reencontrarse con alguien de su pasado.

Como acababa de pasarle con Jack Sutton. Por desgracia, tenía la sensación de que no era nada fácil engañar a alguien como él. Ni siquiera podría hacerlo ella, que llevaba años engañando a todos los que la rodeaban. Era algo que había descubierto hacía poco tiempo y la había llevado hasta esa remota isla. Por eso le angustiaba tanto verlo aparecer en ese restaurante, que cada vez le parecía más pequeño y asfixiante. Estaba muy nerviosa, se sentía atrapada.

Trató de respirar profundamente para tranquilizarse, recordando lo que los médicos le habían aconsejado en Nueva York. Tenía que inspirar y espirar... Confiaba en que Jack no la viera y que, si lo hacía, no supiera quién…

–Larissa Whitney.

Su tono frío y lleno de seguridad le dejó muy claro que le divertía verla allí. No se movió, pero le dio la impresión de que todo su cuerpo temblaba.

Volvió a recordar que debía respirar, pero era demasiado difícil hacerlo en esa situación.

No esperó a que lo invitara y se sentó frente a ella. Se atrevió por fin a mirarlo y vio que le brillaban sus ojos castaños. Tuvo que echarse un poco hacia atrás para que sus largas piernas no la tocaran bajo la mesa. No le gustaba tener que mostrar su debilidad con esos gestos. Lo último que quería era que Jack supiera hasta qué punto le inquietaba su presencia.

De toda la gente que no querría haberse encontrado en esa isla, Jack Sutton era el que menos se alegraba de ver. No entendía qué podía estar haciendo allí. Era la única persona a la que no había conseguido engañar, ni siquiera sabiendo que su situación era muy similar a la de ella. Llevaba meses viviendo de incógnito y no estaba preparada para sentirse atrapada en una isla con un hombre que sabía demasiado sobre ella. Siempre había sido así.

Le entraron ganas de fingir que no lo conocía y hacerle creer que se había equivocado de persona. Podía decirle que no sabía quién era Larissa Whitney y hacerlo con la conciencia tranquila, pues creía que nunca había llegado a conocerse a sí misma. Le tentaba la idea de negar su propia existencia. Una parte de ella quería hacerlo, pero Jack la miraba fijamente a los ojos y no se atrevió a hacerlo.

Se limitó a sonreír con el mismo gesto frío y vacío que había estado ensayando toda la vida.

–Esa soy yo –repuso finalmente tratando de que su voz no reflejara cómo se sentía.

No podía permitir que la viera afectada por su presencia, pero no le resultaba posible ignorar la fuerza masculina y poderosa que parecía rodearlo. Intentó que su rostro no reflejara nada, que su expresión pareciera vacía. De todos modos, sabía que Jack la veía de ese modo, como una persona superficial, y ella temía que esa percepción se acercara a la realidad.

–No he visto reporteros ni paparazis por el pueblo. Es noviembre y arrecia una fuerte tormenta. No hay yates amarrados en el puerto ni millonarios divirtiéndose en los clubs. ¿No habrás confundido esta isla de Maine con el sur de Francia?

No le gustó nada que se riera de ella. Le daba la impresión de que la miraba con desdén.

–Yo también me alegro de verte –murmuró ella con ironía.

No quería que viera hasta qué punto le dolían sus comentarios. Ya debería haberse acostumbrado a que la gente la viera de cierta forma, había sido así durante toda su vida.

–¿Hace cuánto que no nos veíamos? ¿Cinco años? ¿Seis?

–¿Qué haces aquí, Larissa?

Su tono era algo desagradable y poco educado. Ese hombre era todo un encantador de serpientes, podía ganarse a cualquiera, llevaba toda la vida haciéndolo y ella lo sabía mejor que nadie. Había experimentado en primera persona lo seductor que podía llegar a ser. Se estremeció al recordarlo.

–¿Qué pasa? ¿Te extraña que me tome unas vacaciones? –le preguntó ella.

–No me parece el lugar más apropiado –repuso Jack mientras la observaba con los ojos entrecerrados–. Y aquí no hay nada para ti. Solo hay una tienda y este restaurante que además es el único hostal de la isla. Aquí viven menos de cincuenta familias, no hay nada más. Las comunicaciones con el continente son más bien escasas, solo hay dos transbordadores a la semana, y eso cuando el tiempo lo permite. No encuentro ninguna razón para que alguien como tú esté aquí.

–Es la hospitalidad de la gente lo que me ha atraído –repuso con ironía mientras lo miraba a los ojos.

Se apoyó en el respaldo de su silla tratando de parecer más relajada de lo que lo estaba. Pero tenía un nudo en el estómago y no estaba cómoda. No sabía por qué su cuerpo la traicionaba de esa manera. Hacía mucho tiempo que conocía a Jack. Habían crecido en los mismos círculos exclusivos y claustrofóbicos de Nueva York. Habían ido a los mismos colegios privados y en sus familias habían esperado que fueran a las mejores universidades.

Estaban cansados de verse en las mismas fiestas y de coincidir en las pistas de nieve de Aspen, en las playas de los Hamptons, Miami o Martha's Vineyard.

Recordaba habérselo encontrado a menudo durante su adolescencia. Más tarde, Jack se convirtió en un atractivo veinteañero del que estaban enamoradas todas sus amigas. Aún recordaba muy bien cómo había sido entonces. Era imposible olvidar su atlético cuerpo, bronceado por el sol en una playa privada de los Hamptons y con más carisma y personalidad que ningún otro joven. Era muy inteligente y tenía una sonrisa demoledora. Cuando pensaba en él, era así como lo recordaba, brillante y con una gran sonrisa.

Pero ya no quedaba nada de ese joven. Y tenía otros recuerdos que prefería no desenterrar, los recuerdos de un fin de semana en el que intentaba no pensar. Entonces, Jack tenía más años y experiencia. Esos días habían conseguido sacudir algo en su interior. Fuera como fuera, había sido entonces cuando se había dado cuenta de lo peligroso que podía llegar a ser para ella. Era todo fuego y pasión. Tenía la sensación de que sus ojos veían demasiado y la conocía mejor que nadie.

Lo cierto era que ese hombre había conseguido fascinarla y aterrarla al mismo tiempo. Pero todo eso había

ocurrido antes de que su vida cambiara y ella descu-
briera que debía darse una nueva oportunidad. La lle-
gada de Jack Sutton no podía ser más inoportuna. Lo
consideraba una persona incontrolable e imposible. Y
creía que esas dos eran sus mejores cualidades.

Lo contempló como si poco le importara verlo allí.
Estaba tan acostumbrada a fingir que no le costaba nada
hacerlo. Además, sabía que era esa Larissa la que estaba
esperando ver Jack. Todo el mundo pensaba que era una
joven fría y superficial. A veces, había llegado a creer
que esa facilidad para fingir lo que no era debía de ser
su única cualidad.

—¿Estás disfrazada? —le preguntó Jack con el mismo
tono de voz sugerente que tanto conseguía afectarla—.
¿O acaso huyes de alguien? No sé si quiero saber a qué
estás jugando.

—¿Por qué te interesa tanto? —repuso ella riendo—.
¿Es que te molesta que no tenga nada que ver contigo?

—Todo lo contrario —le aseguró él con algo más de
frialdad.

Vio que la miraba con cierta dureza, como si ella le
hubiera hecho daño. Le sorprendió verlo así. Suponía
que cabía la posibilidad de que hubiera hecho algo que
lo molestara, pero no lo recordaba. Jack no era el tipo
de persona del que la gente soliera olvidarse con facilidad.

—Me comentaron que Maine está precioso en esta
época del año —le dijo ella para no tener que darle más
explicaciones—. Y no he podido resistirme.

Le hizo un gesto y miró hacia la ventana, esperando
que él hiciera lo mismo. El cielo estaba aún más oscuro
y el viento movía las nubes. La lluvia seguía golpeando
con fuerza el cristal y las rocas soportaban impertérritas
los golpes de las olas. Se sintió como una de esas rocas,
golpeada y asediada continuamente, pero aún en pie. Su
propio pasado era como esas olas, que no dejaban de
chocar contra las rocas. Pensó que Jack era como esa

lluvia. Un elemento frío y deprimente que no hacía sino agravar el dolor que le producían los ataques.

—Has tenido un año estupendo, ¿verdad? —le preguntó Jack entonces con ironía—. Eso es al menos lo que he oído.

Se sintió desnuda y vulnerable, algo que siempre trataba de evitar, sobre todo cuando estaba cerca de ese hombre y después de lo que había ocurrido la última vez. Lo peor de todo era no poder contarle la verdad ni defenderse. Tenía que aceptar lo que decían de ella, algo que todo el mundo había creído. No entendía por qué le dolía tanto esa vez. Después de todo, era solo un escándalo más. Pero esa vez, las noticias en las que se había visto envuelta no las había inventado ella.

—Sí, claro —repuso ella tratando de controlar su odio—. Una temporada en un centro de desintoxicación y un compromiso que no llegó a buen puerto. Muchas gracias por recordármelo.

No sabía qué podía decirle. Estaba convencida de que no la creería si le contaba que había estado en coma y una mujer se había hecho pasar por ella. La misma joven que se había liado con su prometido. Sabía que no creería la verdad. Su vida siempre había sido muy parecida a la de las telenovelas y lo que le había ocurrido ese último año parecía escrito por un mal guionista.

Después de todo, todo el mundo conocía a Larissa Whitney. Creían que era una joven superficial que se pasaba la vida comprando y yendo a fiestas. Era la oveja negra de su familia. Habían pasado ya ocho meses desde que se desmayara una noche a la salida de un club de Manhattan. Gracias a los reporteros que siempre la seguían y a las manipulaciones de una familia que dominaba los medios de comunicación, todos creían saber lo que había pasado después.

Según la prensa, había pasado una temporada en un centro de desintoxicación. Después, había vuelto a su vida anterior del brazo de su pobre prometido, Theo, que era además el director general de Whitney Media. El ambicioso joven no tardó en romper su compromiso y en dejar su trabajo al frente de la empresa familiar. Todo el mundo la culpó a ella, la infiel y fría Larissa. Y no le extrañaba que lo hicieran. Después de todo, había tratado de humillarlo a menudo y de la manera más pública posible. Lo había hecho durante años y a nadie le había costado creer que ella fuera la mala en esa película.

En realidad, había pasado dos meses escondida en la mansión familiar, postrada en una cama. Todos creían que no iba a salir de aquella y a su familia le faltó tiempo para maquinar un plan con el que pudieran beneficiarse de esa situación. Creía que la verdad no era tan interesante como la ficción.

Estaba convencida de que nadie la creería. Y, como solía ocurrirle con frecuencia, sabía que ella era la única culpable de esa situación.

–¿No has causado ya suficientes problemas? –le preguntó Jack entonces como si acabara de leerle el pensamiento–. ¿Crees que vas a conseguir involucrarme en tus líos? Estás muy equivocada, Larissa. Hace mucho tiempo que me cansé de tus juegos.

–Si tú lo dices –repuso ella fingiendo cierto aburrimiento.

En realidad, se sentía dolida y le habría encantado poder levantarse de esa silla y salir corriendo del restaurante. Habría hecho cualquier cosa para evitar que ese hombre siguiera mirándola con tanto desdén.

Pero no iba a darle la satisfacción de que viera que la había herido. No podía decirle por qué estaba allí, en una pequeña isla llena de pinares y a doce kilómetros de la costa de Bar Harbor. La tormenta no amainaba y estaba rodeada de agua por todas partes. No podía decirle que había terminado en el transbordador que la había llevado hasta allí porque necesitaba esconderse. Se sentía invisible y llevaba mucho tiempo deseando desaparecer. Ni siquiera sabía cómo expresar lo que sentía. Lo que tenía muy claro era que su curación había sido un milagro y quería aprovechar la segunda oportunidad que le había brindado la vida. A Jack le habría costado mucho más explicárselo. A pesar de que en esos momentos la miraba con unos ojos impenetrables, llenos de oscuridad, seguía viéndolo como el brillante y carismático adolescente que había sido unos años antes.

Se había prometido a sí misma que no volvería a engañarse y estaba dispuesta a hacer lo necesario para cumplir esa promesa. Pero a él no tenía por qué decirle la verdad. Sentía que quedaba muy poco en su interior de la verdadera Larissa, de lo que realmente podía identificar como su persona y no estaba dispuesta a permitir que Jack viera cómo era en realidad. Estaba segura de que no tardaría en acabar con ese germen de vida.

Así que le dio lo que esperaba. Sonrió con el mismo gesto misterioso y seductor que tan bien le había funcionado con la prensa y con los hombres. Sabía que era sexy y que muchos proyectaban en ella sus fantasías. Le parecía irónico, cuando ella nunca se había sentido más vacía.

Se le daba muy bien engañar a todo el mundo.

Inclinó la cabeza y lo miró a los ojos como si sus palabras no pudieran hacerle daño, como si la conversación que acababan de tener no fuera más que un simple coqueteo. Levantó las cejas y separó los labios de manera sugerente.

—Dime, Jack —le dijo entonces con su voz más sexy y seductora—. ¿Qué tipo de juegos te gustan?

Capítulo 2

JACK se dio cuenta enseguida de que Larissa parecía muy frágil. Se fijó en sus pómulos perfectos y delicados. No le había costado nada reconocerlos desde el otro lado del restaurante, aunque no terminaba de entender lo que una mujer como ella podía estar haciendo en un sitio tan remoto como esa isla. La imaginaba siempre divirtiéndose en los clubs más elitistas de Manhattan, acompañada de otros miembros de la alta sociedad neoyorquina.

Sus ojos verdes, misteriosos y tristes, parecían reflejar una profundidad que no creía posible en una joven como ella.

Creía que esa era la gran mentira de Larissa Whitney. Y no le molestaba que ella siguiera siendo de esa manera, sino que él se hubiera dejado engañar.

Aún podía sentir la misma electricidad, aunque trataba de negarlo. Sin que pudiera hacer nada para evitarlo, el corazón le había dado un vuelco al verla sentada al otro lado del restaurante con un aspecto tan frágil y vulnerable.

Al ver cómo coqueteaba con él, no pudo evitar fijarse en sus deliciosos labios. Se pasó la lengua por ellos, tentándolo, tratando de llevárselo a su terreno y consiguiendo que recordara al instante cómo había sido estar entre sus piernas. Aún recordaba el sabor de su boca, perfecta y perversa. Pero ya no era el tipo de hombre que se dejaba llevar por su deseo, sobre todo cuando se trataba de una tentación tan destructiva como aquella. Creía que una mujer como Larissa tenía poco que ofrecerle. Había cambiado y le importaba más su reputación que el placer.

–Agradezco el intento, pero ya lo he probado una vez y fue suficiente –le dijo él con gesto de aburrimiento.

En realidad, todo su cuerpo estaba en tensión y le bastaba con estar cerca de ella para sentirse excitado. Le pareció que sus palabras le habían afectado, pero Larissa no se permitió ni un segundo de debilidad. Volvió a sonreírle. Era un gesto muy peligroso, tan difícil de ignorar como el canto de las sirenas. Se le pasó por la cabeza dejarse llevar y olvidar todo lo que sabía. Le habría encantado acercarse más a ella, atrapar su estrecha cintura entre las manos y saborear de nuevo su boca.

–Jack –murmuró Larissa entonces con el mismo tono seductor–. Es lo que dicen todos. Al principio…

No podía darle a Larissa la satisfacción de que viera cuánto le afectaban sus sugerencias, pero era difícil no reaccionar. Se le daba muy bien ese tipo de juego. Le habría encantado ser capaz de verla tal y como era, como la veían todos. Pero él no podía evitar fijarse en la elegante y delicada línea de su cuello, en su bello rostro y en lo frágil que parecía. Aunque sabía que era una locura, sentía un impulso en su interior que lo empujaba a tratar de protegerla. Se había cambiado el pelo. Lo llevaba corto y teñido de negro. Por desgracia, le quedaba muy bien, le daba un aire más serio.

Pero él sabía cómo era la verdadera Larissa y lo que había hecho. Conocía todos los escabrosos detalles y no pensaba dejarse engañar por su aparente vulnerabilidad. Sabía que era despiadada y que no tenía corazón. Así eran todos en ese mundo que él había decidido abandonar para siempre. Y reconocía que también él había sido de esa manera hasta que decidió cambiar su vida.

Habían pasado cinco años desde entonces. Cuando miraba a Larissa, recordaba cómo había sido y no le gustaba. Además, ella era la que había hecho que se enfrentara por primera vez al espejo. Era algo que no podía olvidar.

–Hay un transbordador que sale hacia la costa el viernes a primera hora –le dijo él con frialdad–. Quiero que te subas a él.

Larissa se echó a reír. Era un sonido luminoso, mágico. Le hacía pensar en cosas que sabía que no existían y odiaba a Larissa por hacer que se sintiera de esa manera.

–¿Me estás echando de la isla? –repuso ella con gesto divertido–. Das órdenes como un dictador. Vas a conseguir que me desmaye.

La fulminó con la mirada. Esa isla era su refugio, su escondite. Le gustaba pasar allí esos meses oscuros de invierno, cuando no había turistas y las casas veraniegas de algunas de las familias más prominentes de Nueva York se encontraban vacías. Le gustaba más así. Allí no tenía que ser Jack Endicott Sutton, el heredero de dos de las fortunas más importantes del país y la pesadilla de su abuelo. Cuando estaba en la isla, no tenía que pensar en sus responsabilidades, podía ser libre sin que nadie controlara todo lo que hacía y si sería o no capaz de dirigir algún día la Fundación Endicott. Se trataba de la organización que su familia había creado para llevar a cabo obras benéficas de todo tipo. En esa isla de Maine, entre pescadores y gentes sencillas, era simplemente Jack.

Lo último que quería era que alguien como Larissa Whitney contaminara su refugio. Creía saber qué hacía tan lejos de su ambiente habitual. Esa zona de Maine estaba muy tranquila en noviembre. Hacía frío y no era el lugar más apropiado para una joven mimada como Larissa. Allí no había fiestas, tiendas ni reporteros. En esa isla no iba a encontrar las cosas que necesitaba para sobrevivir. Creía saber lo que hacía allí y no le gustaba nada.

–Ni siquiera te has molestado en preguntarme qué hago aquí –le dijo él entonces mientras la observaba para ver cómo reaccionaba–. ¿Es que sigues tan centrada en ti misma como siempre o acaso ya sabías que podrías encontrarme aquí?

Por mucho que tratara de adivinar cómo se sentía, el bello rostro de Larissa no reflejaba nada. Siempre había sido así y le irritaba sentir que seguía buscando algo más en ella, cuando estaba seguro de que su interior estaba completamente vacío.

—Abriste la puerta del restaurante y entraste como si fueras Heathcliff, el protagonista de *Cumbres borrascosas* —murmuró ella como si esa escena hubiera formado parte de sus fantasías.

Pero no la creía. Igual que el resto de sus amistades, jóvenes procedentes de las familias más ricas y antiguas del país, se le daba muy bien actuar cuando así le convenía.

—Es muy romántico, ¿no te parece? —prosiguió Larissa—. No dejemos que todos esos detalles tan aburridos, mi horario, tus planes, echen a perder este delicioso momento.

—Creo que sé por qué estás aquí —le dijo él sin prestar atención a sus palabras ni a sus coqueteos—. ¿De verdad crees que iba a funcionar, Larissa? ¿Has olvidado que te conozco muy bien?

Larissa abrió mucho los ojos y le dio la impresión de que realmente no sabía de qué le estaba hablando. Pero fue entonces cuando recordó que nada se le daba tan bien como actuar.

Pero cuando ella se acercó un poco más y colocó una de sus delicadas manos en su muslo, se dio cuenta de que había estado equivocado. Sus dotes de seducción eran su mejor arma. Le había bastado con dedicarle un par de sonrisas y esa caricia para despertar su deseo. Larissa era irresistible y lo sabía. Era letal.

Estaba tan cerca que lo embriagaba con su fragancia exótica y ligeramente especiada. Creía que era una lástima que aún oliera a vainilla. Recordaba demasiadas cosas sobre ella y le molestaba que fuera así. Su sabor, su aroma, su pasión. Había pasado tanto tiempo desde su breve romance que estaba seguro de que los años habían distorsionado sus recuerdos y exagerado lo apasionado de esos días. Pero lo que estaba ocurriendo en ese momento no era fruto de su imaginación. Podía sentir el calor de su mano a través de la tela de los vaqueros, recordándole cuánto la había deseado y cuánto seguía deseándola. Pero no pensaba dejarse llevar por la tentación.

Se puso de pie y vio cómo ella apartaba la mano. Deseaba abrazarla, besarla, perderse en sus curvas y oír sus gemidos.

Pero ya no era ese hombre. No se dejaba llevar por ese tipo de juegos y no pensaba permitir que Larissa lo hiciera volver a la vida que había dejado atrás.

–El viernes, en el transbordador –le dijo con frialdad–. Sale a las seis y media de la mañana. No es una sugerencia, es una orden.

–Gracias por informarme de manera tan amable –repuso Larissa–. Pero haré lo que quiera, Jack, no lo que me ordenes tú.

Algo en su mirada volvió a sorprenderle. No lo entendía bien y no le parecía que tuviera sentido. Le costaba descifrar a esa mujer a la que todo el mundo parecía conocer tan bien.

–Mientras estés en esta isla, tendrás que hacerlo –le dijo él con una sonrisa implacable.

De repente, se dio cuenta de que estaba disfrutando demasiado con esa situación.

–Siento tener que recordártelo cuando tus propios antepasados firmaron la Declaración de Independencia. Que yo sepa, este país sigue siendo libre.

–El país sí, pero las cosas son diferentes en esta isla –replicó él con arrogancia y orgullo–. Esta isla es mía.

Larissa nunca se había sentido tan estúpida como en ese momento.

Cuando volvió a la pequeña habitación que ocupaba en el ático de la posada, llenó de agua la antigua bañera y se metió en ella. Sacudió la cabeza al recordar una vez más que estaba en la isla de Endicott. Le parecía increíble que no se le hubiera pasado por la cabeza quién podría ser el propietario de esa isla. Después de todo, su propio nombre así lo indicaba.

Aunque lo cierto era que conocía a muchas familias prominentes del país cuyos apellidos nombraban calles, edificios, puentes o ciudades enteras. También ocurría en su propia familia. Pero, hasta ese momento, no se le había aparecido un miembro de dicha familia recordándole que la isla donde estaba le pertenecía. Nadie esperaba encontrarse con miembros de la familia Carnegie en el famosísimo teatro del Carnegie Hall de Nueva York ni era normal que un Kennedy lo recibiera a uno en el aeropuerto JFK de la ciudad.

Aun así, no entendía cómo no se le había ocurrido pensar en esa posibilidad cuando lo vio aparecer en el restaurante de la posada. Pero había estado tan afectada por su presencia que le había costado pensar con claridad. Tenía muchas cosas de las que arrepentirse en su vida. Una de ellas había sido dejarse llevar por la atracción que sentía por Jack cinco años antes.

Salió de la bañera y se miró en el espejo. Su vida estaba llena de errores.

Se secó con una toalla y se vistió con unos pantalones de yoga. Estaba terminando de ponerse una camiseta cuando alguien llamó a la puerta. Se quedó sin aliento y el corazón comenzó a latirle con fuerza. Creía que solo podía ser una persona. Era la única con la que había hablado durante más de dos minutos desde que llegara a la isla. Y sabía que no debía dejar que pasara. Creía que estaría más segura sola y de noche por las calles del Bronx.

Aun así, se acercó a la puerta sin poder evitarlo, como si él se lo estuviera ordenando con su mera presencia al otro lado de la puerta. Estaba descalza, pero sus pies aún estaban calientes tras el baño. Sintió cierta tensión en sus pechos y algo más abajo. Le parecía increíble cómo estaba reaccionando su cuerpo. Miró de reojo la cama. La colcha era alegre y de muchos colores y la lluvia y el viento golpeaban las pequeñas ventanas de la habitación. Tenía el pelo mojado y su piel tampoco estaba seca. Sintió de repente tanto calor por todo el cuerpo como había sentido en la bañera o incluso más. Era como si el simple sonido de la puerta hubiera conseguido azuzar un fuego en su interior.

Jack no volvió a llamar. No necesitaba hacerlo. Sabía que estaba allí, al otro lado de la madera. Podía casi verlo, con su penetrante y oscura mirada. Sus perfectos pómulos, una nariz fuerte y masculina y su atlético cuerpo. Era además tan inteligente como para pasar de oveja negra de la familia a presidente del consejo de la fundación. Ese cambio le había procurado más admiradores aún. Era muy atractivo, pero no había nada angelical en él, todo lo contrario. Tenía un aire peligroso y era eso algo que no podía olvidar.

Cinco años antes, a pesar de que ella no había estado en plenas facultades mentales, había tenido la suficiente lucidez como para apartarse de él cuando entendió que no le convenía estar con ese hombre. En ese momento de su vida, tenía mucho más que perder y más razones aún para mantener las distancias. Por eso no entendía qué la había llevado hasta la puerta y por qué sintió la necesidad de abrirla. Era como si no pudiera dominar su propio cuerpo y como si tampoco quisiera hacerlo.

Jack la miró desde el umbral de la puerta. Su cuerpo era demasiado grande para el pequeño vestíbulo. La miraba con intensidad, con ojos hambrientos. Tenía los brazos apoyados a ambos lados de la puerta y se le hizo la boca agua al adivinar los músculos bajo su camiseta. Era un hombre increíble, casi parecía una estatua. Pero fue al mirarlo a los ojos cuando se quedó por completo sin aliento.

«Es demasiado peligroso y yo soy demasiado vulnerable», pensó ella.

Pero estaba allí, frente a ella, y su corazón le latía con fuerza. Jack siempre le había resultado irresistible y, por mucho que intentará negarlo, la atracción seguía allí.

Jack entró en la habitación sin esperar a que ella lo invitara a pasar o se apartara. Ella dio un paso atrás para no darse de bruces con él y notó que Jack sonreía levemente, como si acabara de ganar su primera batalla. Era un hombre poderoso y lo sabía, nadie podía negarlo. De otro modo, nunca habría alcanzado la presidencia de la Fundación Endicott ni tendría un puesto tan prominente en la alta sociedad neoyorquina.

–¿No te parece que estás yendo demasiado lejos aunque alegues ser el propietario de esta isla? –le preguntó ella.

Había decidido que la mejor defensa era un buen ataque. No iba a permitir que notara lo vulnerable que se sentía en ese momento, casi desnuda, aunque llevara ropa cubriendo su cuerpo. Tuvo que contenerse para no cruzarse de brazos. Era ese un gesto que a él no le costaría interpretar y no pensaba darle esa satisfacción.

Jack seguía mirándola de la misma manera y sintió que perdía el equilibrio. Siempre le había pasado lo mismo con él y decidió que debía de tratarse de alguna reacción química, nada más.

–Yo nunca voy demasiado lejos –repuso Jack mirándola a los labios como si estuviera pensando en besarla–. No tengo que hacerlo. No lo necesito.

Se estremeció, no pudo evitarlo. Sintió una oleada de calor por todo el cuerpo que se concentraba en su parte más íntima.

–Tu familia fue propietaria de esta isla en el pasado, pero tu abuelo devolvió parte de las tierras a la fundación histórica de la costa de Maine hace treinta años –le dijo ella entonces–. Ahora te limitas a disfrutar de la vieja mansión familiar como el patriarca que nunca llegará a serlo, mirando las tierras que pudieron ser tuyas –añadió riendo–. Es un poco triste.

–Me halaga que tengas tanta información –repuso Jack mientras se acercaba a ella–. ¿Volviste corriendo a la habitación para investigar un poco en Internet? ¿O acaso te informaste bien antes de venir a la isla?

–Creo que tus preguntas no son tan inocentes como parecen –replicó ella.

Jack seguía acercándose, pero no se movió. No quería parecer asustada, pero lo cierto era que se sentía muy incómoda y esa habitación le parecía más pequeña que nunca.

–Te he conocido desde pequeño, hay muy pocas cosas que no sepa de ti, ya sea de manera directa o indirecta –le recordó ella–. Excepto tus pensamientos, por supuesto. Si es que los tienes. Mi experiencia me dice que los hombres importantes y arrogantes como tú normalmente piensan muy poco.

–Creo que me confundes contigo –replicó Jack–. No soy yo la criatura más insulsa de todo Manhattan, o puede que incluso de todo el país. Todo un logro, Larissa. Debes de estar muy orgullosa.

Sus palabras le dolieron. Se sentía avergonzada. Las revistas solían dedicarle ese tipo de adjetivos y otros mucho peores. Lo habían hecho desde su adolescencia y lo que Jack acababa de llamarle era casi un halago en comparación con otros insultos. Creía que no debía importarle que él también se uniera al resto de los mortales para agraviarla. Estaba teniendo incluso la desfachatez de decírselo a la cara. Y ella no entendía por qué le dolía tanto, cuando ya debía estar más que acostumbrada.

Intentó fingir que sus palabras no tenían ningún efecto en ella.

–¿Cómo puedes hablarme así? Recuerda que te conozco desde siempre, antes de que decidieras reinventarte y convertirte en el hombre más aburrido del planeta. Te conocí cuando eras divertido –le dijo ella con una sonrisa tan falsa como sus palabras–. Entonces, la prensa hablaba de ti como el soltero de oro de Nueva York y el más juerguista de todos.

Recordó entonces cómo se habían cruzado sus caminos una noche. Fue poco después cuando Jack decidió cambiar, tras la muerte de su madre. No quería pensar en esos días, pero los tenía grabados a fuego en su mente. Una parte de ella se preguntaba si no habría sido ella la causante de ese cambio. Quizás Jack se hubiera dado cuenta de que, después de estar con ella, había tocado fondo.

–¿Por eso me odias tanto? –le preguntó ella entonces sin poder ocultar cierta emoción en su voz–. ¿Por qué te conocí antes de que te volvieras un hombre respetable? No me parece justo. Todo Manhattan te conocía entonces.

–No te odio, Larissa –susurró él con una voz que conseguía penetrar bajo su piel–. Yo te conozco.

Se acercó entonces a ella y recorrió con un dedo una gota de agua que bajaba por su cuello y después por su clavícula. El contacto dejó un rastro de fuego en su piel. Era una sensación terrorífica. No podía dejar de mirarlo. Había fuego e ira en sus ojos. Y también algo más, mucho más oscuro y en lo que prefería no pensar.

Pero no podía evitarlo, había despertado por completo su deseo.

–¿Qué estas haciendo? –le preguntó ella sin aliento.

El gesto había sido casi inocente. Lo habría sido en cualquier otra persona, pero no podía resistirse cuando se trataba de Jack. Ese hombre era como una droga para ella. Había conseguido escapar de él una vez, pero no sabía si volvería a tener tanta suerte.

Sabía que debía detenerlo, pero no se movió. No se apartó.

Jack volvió a dirigirle una sonrisa triunfante y eso hizo que lo odiara aún más.

–Hay muy poco que hacer en esta isla –le susurró Jack sin dejar de acariciar el escote de su camiseta–. Y nadie quiere que te aburras. He visto lo que pasa cuando te aburres –añadió riendo–. Bueno, supongo que todo el mundo lo ha visto.

–Me aburro con facilidad y parece que tampoco me cuesta conseguir que salgan fotografías mías en la prensa, es verdad –admitió ella mientras trataba de controlar su respiración–. Como ahora mismo, también me estoy aburriendo.

–Ya que estas aquí, podríamos recordar lo que de verdad se nos da bien. Muy bien… ¿No te parece? –le preguntó él.

Se le pasó por la cabeza fingir que no sabía de lo que le hablaba, pero Jack la miraba con intensidad y no sabía qué hacer ni qué decir. Él debía de pensar que era la misma mujer fría, dura y superficial que había sido ocho meses antes y también cinco años atrás, cuando pasaron juntos un apasionado fin de semana. Pero ya no era esa mujer capaz de hacer cualquier cosa sin que la afectara, completamente entumecida. Sabía que él la trataría como la joven que había sido entonces y echaría a perder a la mujer en la que se había convertido.

No podía permitirlo, no iba a hacerlo.

Pero tampoco quería que supiera cuánto había cambiado. Las cosas terminarían de un modo u otro y tenía mucho más que perder. Además, sabía que Jack no la creía y ella no iba a poder defenderse porque aún no podía explicar lo que le había pasado.

–¿No me dijiste que te había bastado con probarlo una vez para darte cuenta de que preferías no repetir? –replicó ella–. No tienes de qué preocuparte. Como te pasa a ti, soy demasiado para cualquier hombre.

Jack le dedicó una mirada que parecía más animal que humana y no pudo evitar estremecerse.

Dejó de respirar.

–¿Eso crees? –repuso Jack.

Agarró entonces con firmeza sus hombros y ella sintió que estaba perdida. La apretó contra su torso y la besó.

Capítulo 3

LARISSA se dio cuenta enseguida de que era mucho mejor de lo que recordaba. Había creído que el tiempo había embellecido los recuerdos, pero vio entonces que era todo lo contrario. Ese beso era mejor, mucho mejor. Más apasionado y seductor. No podía dejar de temblar y el deseo la atenazaba. Llevó las manos a la cintura de Jack y fue recorriendo después los músculos de su espalda. Prefería no pensar en lo que estaba haciendo y lo abrazó con fuerza. Su piel era más cálida y firme. Deseaba más que nada quitarle esa camisa y poder tenerlo aún más cerca.

Jack la besaba con la misma intensidad, como si también él se sintiera consumido por el mismo fuego, la misma locura. Como si nunca fuera a detenerse. Larissa cerró los ojos y arqueó la espalda hacia atrás, acercándose aún más a él. Deseaba que la tocara, sentía que se derretía, no lo soportaba…

Se dio cuenta entonces de que estaba completamente perdida.

Esa vez, no tenía la excusa del alcohol, no estaba ebria tras una larga noche de fiesta. No había ninguna sustancia en su cuerpo que le impidiera sentir todo lo que estaba sintiendo en ese momento y su interior ya no estaba vacío. Si había sido peligroso cinco años antes, se dio cuenta de que iba a serlo mucho más en esos momentos.

Lamentó haberse dejado llevar por el deseo, pero siguió besándolo. No se apartó de él, todo lo contrario. No parecía poder evitarlo. Era como si ese hombre existiera solo para ella, era perfecto y parecía tener un talento especial para hacerle perder la cabeza.

Pero no era la misma joven que Jack había conocido y fue ese pensamiento el que consiguió devolverla a la realidad. Sabía muy bien lo que estaba haciendo allí, con él y en ese momento y se dio cuenta de que estaba arriesgando mucho. Creía que Jack estaba jugando con ella y, aunque le costara hacerlo, iba a tener que apartarse de él.

No podía seguir engañándose. Se había prometido que no iba a volver a hacerlo. Si seguía por ese camino, iba a destruirla y no podía permitir que eso ocurriera.

Dejó de besarlo y dio un paso atrás. Lamentaba que hubiera ocurrido, pero al menos tenían la satisfacción de haberse detenido a tiempo.

–Bueno… –murmuró ella tratando de parecer tranquila–. Pareces empeñado en demostrar que conmigo sí podrías, pero tengo que declinar tu invitación. Gracias.

–¿Por qué? –replicó Jack con algo de arrogancia e incredulidad.

Era como si no pudiera entender por qué no se dejaba llevar por la tentación. La atracción entre los dos era tangible, imposible de ignorar.

Ella tampoco sabía muy bien por qué tenía que detener aquello antes de que fuera a más.

No era la misma Larissa de antes que solo pensaba en el presente y en aprovechar todos los placeres que le ofrecía la vida. No podía jugar con ese hombre sin terminar herida.

Se limitó a encogerse de hombros con la misma actitud despreocupada y superficial que todos le atribuían. Era su disfraz favorito. No iba a permitir que ese hombre viera más allá, en su interior. No pensaba mostrarle nada que la colocase en una posición más vulnerable aún, en una situación de la que solo podía salir malparada.

–Porque lo deseas demasiado –repuso ella mientras

se daba la vuelta y se acercaba a la chimenea–. Así es menos divertido.

Cerró un segundo los ojos y respiró profundamente, tratando de reunir sus fuerzas. Después, lo miró por encima del hombro con una pícara sonrisa.

Jack se arrepintió enseguida. Sabía que no había sido buena idea tocarla ni besarla. Podía ver la pasión en sus ojos verdes y estaba deseando iluminarlos aún más. Tenía los labios algo sonrosados tras el beso y estaba deseando volver a saborearla. Esa mujer era como una droga y le irritaba que siguiera jugando con él. Sabía que todo eran mentiras y más mentiras.

Lo que no entendía era que esa situación lo sorprendiera. Era exactamente lo que debería haber esperado de ella.

–Me sorprende que tengas tanto miedo –murmuró él para provocarla–. Creí que nada podía hacerte sentir algo así.

–Sí, los murciélagos –replicó Larissa rápidamente–. Y también los escorpiones. ¿Pero tú? A ti no te tengo miedo, Jack. Siento defraudarte.

–Sé por qué estas aquí –le dijo entonces sin poder controlar su enfado–. Será mejor que dejes de actuar y lo admitas cuanto antes.

Larissa volvió a mirarlo. Seguía frente a la chimenea y le pareció más atractiva que nunca. Su pelo estaba aún húmedo tras el baño y no podía dejar de imaginarla en la bañera. Le costaba entender cómo podía ser como era. Su aspecto era frágil y delicado, pero sabía que era muy fría y no tenía corazón. Aunque daba la impresión de que una fuerte ráfaga de viento podría conseguir llevársela, sabía que era indestructible.

Tampoco su mirada parecía corresponderse con lo que sabía de ella. No eran unos ojos fríos, su color le recordaba al mar, sobre todo a ese océano Atlántico que tanto amaba. Sacudido siempre por las tormentas y el fuerte oleaje, pero de gran belleza. De vez en cuando, aparecían sombras en su mirada que no lograba interpretar, pero la sensación solo duraba un instante.

–¿Por qué no me cuentas tú qué es lo que hago aquí? –repuso ella mientras volvía a fijarse en el fuego–. O podemos fingir que ya me lo has dicho. No te preocupes, me aseguraré de añadir los correspondientes insultos cuando recuerde una conversación que nunca existió. Será como si de verdad la hubiéramos tenido.

Parecía hablar desde la amargura y le sorprendió su tétrico sentido del humor. Le parecía demasiado profundo para alguien tan superficial como Larissa. Estaba de espaldas a él y lamentó no poder ver su cara. De haberse tratado de otra persona, habría llegado a pensar que había conseguido herir sus sentimientos, pero recordó que era Larissa y que ella no tenía sentimientos.

Aprovechó que estaba de espaldas a él para contemplar su cuerpo. Muy a su pesar, no podía dejar de mirarlo. Según la prensa, era una de las mujeres más bellas del momento y él había podido comprobarlo con sus propias manos. Conocía muy bien sus delicados y elegantes rasgos, la curva de su espalda, sus caderas y su delicioso trasero. Sabía también cómo reaccionaría Larissa si la besaba en la nuca. No podría evitar estremecerse ni suspirar.

Llevaba unos sencillos pantalones negros y una camiseta que se ceñía a su figura. Estaba descalza sobre suelo de madera y su apariencia le pareció más erótica y sensual que cualquiera de los atuendos mucho más sofisticados que solía llevar a diario. Aunque le resultaba difícil admitirlo, no parecía fuera de lugar. Pero no pensaba decírselo, estaba seguro de que ella acabaría usando esa información contra él. En sus manos, todo era un arma y creía que solo le interesaban la gente y las cosas que podía usar para su propio provecho. Eso lo sabía mejor que nadie.

Creía que era una especie de bruja, aunque otros habrían usado palabras mucho más hirientes para describirla, y se había pasado años tratando de entender cómo había conseguido hechizarlo. Muchas otras lo habían intentado, pero nadie había conseguido afectarlo tanto. Era algo sobre lo que había reflexionado a menudo, pero sin llegar nunca a una conclusión. De un modo u otro, creía que eso ya no importaba.

–Bueno, ya me siento suficientemente castigada –le dijo Larissa entonces.

Fue entonces cuando se dio cuenta de que no había contestado su pregunta. Larissa se giró para mirarlo. El calor de la chimenea había encendido sus mejillas y su mirada parecía algo más oscura. Pero sonreía como siempre. Era un gesto muy bello, pero falso. Sin saber por qué, sentía la necesidad de saber de verdad cómo era y poder entenderla. Aunque no le gustaba admitirlo, esa mujer lo fascinaba.

–¿Ves? Después de todo, no era necesario tener esa conversación. Ya te puedes ir –le dijo ella.

–El consejo de administración de Whitney Media se reúne el próximo mes –repuso él sin pensar demasiado en lo que decía.

Larissa abrió mucho los ojos al oírlo y le dio la impresión de que había dado en el clavo.

–Tal y como me temía, te has convertido en un hombre muy aburrido –le dijo Larissa adoptando la misma actitud desinteresada de siempre–. Whitney Media es lo último sobre lo que querría hablar cuando estamos atrapados en esta remota isla en medio de una tormenta.

–He oído algunos rumores –le dijo él mientras la observaba con atención–. Todo el mundo los ha oído.

–Bueno, los rumores abundan en Manhattan –le aseguró Larissa de manera despreocupada–. Es una ciudad que nunca duerme porque necesita cada hora del día y de la noche para esparcir los rumores y las mentiras. Y lo menos importante de todo es descubrir si esos rumores son verdad o no, por supuesto –añadió con amargura.

–Tienes que asistir a la reunión, ¿verdad? –contraatacó el–. Ha sido muy inteligente por tu parte mantenerte apartada unos meses para no aparecer en la prensa. Necesitas demostrarle a tu padre y al resto de los socios que te has vuelto una mujer respetable. De otro modo, te declararán incapacitada o nombrarán a un apoderado que represente tus intereses en la empresa.

Lo que le estaba contando era la información que estaba al alcance de cualquiera que leyera los artículos de opinión del *Wall Street Journal*. Aun así, vio en su mirada que sus palabras habían conseguido irritarla, pero Larissa le dedicó su famosa sonrisa.

–Lo dices como si hubiera estado intentando hacerme con el control de la compañía desde siempre, como si fuera la desesperada heroína de alguna telenovela –murmuró ella–. Siento llevarte la contraria, pero hace mucho tiempo que tengo un apoderado que vota en mi nombre en los consejos de administración agregó con una sonrisa.

–Tu padre y tu exprometido se encargaban de administrar tus acciones –le dijo él sin prestar atención a sus palabras–. Pero tu novio ya no está en la empresa y todo el mundo sabe lo que tu padre siente por ti. Esa reunión debe de ser tu última oportunidad para hacerte con el control de lo que te pertenece y conseguir así proteger tu futuro.

Sabía que esa era la verdad y observó detenidamente a Larissa para ver cómo reaccionaba. Le pareció que se había sonrojado, pero no podía estar seguro.

Lo que tenía muy claro era que estaba allí, en esa isla, para conseguir algo y tenía que lograr que lo admitiera. Sabía lo que él podía representar para el plan de Larissa. Creía que iba a tratar de seducirlo y engañarlo para poder tenerlo a su lado. Estaba convencido de que eso mejoraría mucho la reputación de esa mujer y una parte de él sentía cierta compasión por ella. A él le estaba ocurriendo algo similar. Su abuelo le había ordenado que eligiera a la mujer adecuada y se casara cuanto antes. De hecho, había ido a esconderse a esa isla para tener un poco de tranquilidad y aceptar lo inevitable.

Pero Larissa suspiró y lo miró con impaciencia. Desapareció de repente toda la compasión que había sentido por ella. Él llevaba mucho tiempo dedicado a sus responsabilidades, tratando de convertirse en el sucesor del legado familiar. A Larissa, en cambio, solo le interesaba poder tener acceso al dinero de su familia para gastárselo.

–Tengo otras fuentes de ingresos –repuso ella mientras se sentaba en el sillón como si el tema no le preocupara en absoluto–. Era Theo el que estaba obsesionado con Whitney Media. A mi padre y a él les encantaba maquinar todo tipo de planes financieros. Yo me duermo cada vez que alguien me habla de esos temas. De hecho, me está entrando mucho sueño ahora mismo.

No pudo evitar echarse a reír. Se acercó a ella y colocó sus manos sobre los reposabrazos del sillón. Sus caras estaban demasiado cerca y notó que a Larissa no parecía gustarle sentirse atrapada.

–Voy a decirte lo que pienso de todo esto –le dijo él entonces.

–Si crees que debes hacerlo –repuso ella.

Se esforzaba por parecer tranquila e incluso aburrida, pero no podía engañarlo. Le gustaba estar en control de la situación y se acercó un poco más a ella.

–Creo que has venido a esta isla, sin que te preocupara el mal tiempo ni esta tormenta, porque pretendes meterme en esa batalla que te importa más de lo que quieres admitir.

Estaba tan cerca que su aroma volvió a envolverlo y no pudo evitar que su cuerpo reaccionara al instante.

–Como no te cansas de recordarme, me he vuelto una

persona muy aburrida, pero también muy respetable
–agregó él–. No tengo nada que ver con los canallas que
suelen acompañarte a las fiestas. Yo sería un aliado perfecto, ¿verdad, Larissa? Al verte conmigo, la gente creería que has cambiado y tendrías a tu padre comiendo de
la palma de tu mano.

Larissa se dio cuenta de que el plan que Jack acababa de describir era fantástico. Nada le gustaba más a
su padre que el dinero y los contactos con familias más
prestigiosas aún que la suya. A Bradford Whitney solo le
importaba proteger el legado familiar, sobre todo en
lo referente a su propia riqueza y a las posibilidades que
se le presentaban para aumentarla. Sabía que ella siempre lo había defraudado en ese terreno y en muchos
otros.

Cuando llevó a Theo Markou García a casa para que
lo conociera su familia, antes incluso de que se prome-
tieran, le había llamado la atención el hecho de que
fuera un hombre que se había hecho a sí mismo. Creía
que su padre nunca iba a perdonarle que se casara con
alguien que no procediera de una buena familia. Pero
pronto se dio cuenta de que había subestimado la ambición de Theo. No tardó en hacerse con el control de
la empresa y se convirtió en el hijo con el que Bradford
siempre había soñado. Y sabía que su padre nunca le
perdonaría que Theo rompiera con ella y dejara Whitney Media, una empresa para la que había conseguido
grandes beneficios durante el breve período de tiempo
en el que estuvo al frente de la misma.

Sabía que alguien como Jack conseguiría sanar el
ego de Bradford y mejorar la situación de la empresa.
Creía que a su padre le gustaría mucho poder unir a dos
de las familias más importantes de Nueva York. Todo
el mundo admiraba y elogiaba cuánto había cambiado
Jack. Que había pasado de vividor y juerguista a hom-

bre trabajador y digno sucesor de los negocios de su familia.

Trató de imaginar cómo se sentiría su padre si supiera que a alguien se le había ocurrido la posibilidad de unir las familias Whitney y Endicott. Sabía que sería el mejor regalo de Navidad para Bradford.

Pero Jack estaba equivocado, Larissa no tenía ningún plan. Había tratado de huir de todo lo que rodeaba su vida y su posición desde que se despertara del coma. No pensaba volver a Nueva York y, mucho menos, a Whitney Media. Lo último que se le pasaba por la cabeza era urdir un plan en el que Jack se viera involucrado para conseguir ser respetada.

Ese hombre era la última persona a la que habría recurrido porque le costaba mucho controlarse cuando estaba con él. Era algo que había recordado muy a su pesar esa misma noche. Pero no podía explicarle por qué no contaba con él. Lo último que quería era admitir el poder que tenía sobre ella. No podía hacerlo. Tenía demasiado que perder. Además, se había acostumbrado a que tuviera una pésima imagen de ella. Trató de convencerse de que ya ni siquiera le dolía.

—Te has quedado muy callada —murmuró Jack para tratar de conseguir una reacción en ella—. ¿De verdad pensabas que ibas a poder engañarme? ¿Que no me iba a extrañar que estuvieras aquí? Esta isla es uno de los lugares más inhóspitos de la costa. No hay ninguna razón para que estés aquí en esta época del año. Ninguna. Bueno, solo una.

—Eres un engreído —consiguió decir ella sin que le temblara la voz.

—Y tú eres muy mala actriz —replicó Jack.

Se agachó frente a ella. Seguía con las manos en los reposabrazos, impidiendo que se levantara y apartara de él. Lo tenía demasiado cerca, no podía dejar de observar su boca, su rostro… No se atrevía a moverse. Jack era una presencia grande, masculina y muy peligrosa. Quería levantarse y salir corriendo de allí. Pero le atraía aún más la idea de alargar la mano y tocarlo. Se sentía dividida y los dos caminos le parecían muy resbaladizos.

–¿Por qué no te limitas a admitir por qué has venido? –insistió Jack.

Larissa inspiró profundamente. Y entonces, sabiendo que no iba a creerla, que Jack solo veía lo que quería ver, decidió decirle la verdad.

–No sabía que fueras a estar aquí –murmuró con sinceridad–. No se me ocurrió que fuera a encontrar a un miembro de la familia Endicott en la isla del mismo nombre. Después de todo, en esta época del año apenas hay gente aquí. No estoy planeando nada ni trato de engañarte para convencer a mi padre de que he cambiado. La verdad es que intento no pensar en él ni en la empresa.

Jack se quedó muy serio. Era casi como si acabara de decepcionarlo. Era una expresión que encontraba a menudo en el rostro de los demás. Creía que había sido una estupidez por su parte esperar otro tipo de reacción.

–Claro –repuso con ironía–. Te han entrado de repente ganas de apartarte del mundo. Y, por alguna razón inexplicable, has elegido esta isla en vez de Río de Janeiro o la costa de Grecia.

Estaba claro que no la creía. No había esperado otra cosa. Por eso se sentía segura diciéndole la verdad. Creía que nada importaba porque ella no le importaba a nadie.

«Nadie me cree. Todos piensan que miento, incluso cuando digo la verdad», pensó ella angustiada.

–Puede que yo también esté intentando cambiar –le dijo ella con una sonrisa–. Y puede que esté aquí para reflexionar y tratar de encontrar mi camino. Una isla desierta y azuzada por tormentas otoñales. ¿Se te ocurre un lugar mejor para reflexionar sobre uno mismo?

Jack negó con la cabeza y movió las manos hasta colocarlas sobre sus piernas. Fue bajando por ellas hasta los tobillos. Sus caricias encendieron de nuevo la llama del deseo en su interior. Tomó entonces sus manos y ella se quedó sin aliento.

–Estás muy guapa cuando mientes –le dijo él casi con ternura–. Has conseguido convertirlo casi en un arte. Creo que deberías estar orgullosa de tu talento –agregó cruelmente.

Sus palabras le afectaron más de lo que esperaba, rompiendo su corazón en mil pedazos. No entendía por qué se sentía así, no tenía sentido pensar que Jack Endicott Sutton iba a conseguir ver más allá de la fachada que ella mostraba a los demás. Además, trató de convencerse de que no era eso lo que quería. Aun así, le seguía doliendo que Jack fuera incapaz de ver cómo era en realidad.

Aunque no quisiera admitirlo, siempre había habido algo entre los dos, algo que le hacía sentirse más viva cuando Jack la tocaba o cuando la miraba. Ese hombre le hacía desear que las cosas pudieran ser distintas, que ella pudiera ser distinta. Era una idea que le había parecido demasiado inalcanzable cinco años antes. No sabía por qué Jack se había fijado en ella entonces, pero estaba segura de que había echado a perder una gran oportunidad.

Era muy consciente de que parecía echar a perder todo lo que tocaba. Y Jack era una de esas cosas.

–Ahora lo entiendo todo –comentó ella mientras bajaba la mirada y contemplaba sus manos unidas–. A ti se te permite tener un pasado oscuro y cambiar cuando lo crees conveniente. Pero yo no tengo derecho a lo mismo. ¿Por qué? ¿Porque soy una mujer?

–No, porque eres Larissa Whitney –repuso Jack riéndose.

Pero el tono de sus palabras no consiguió que se relajara, sino que sintió más frío aún en su interior. Le habría encantado no tener que fingir nunca más y conseguir que Jack la creyera. Pensó que quizás pudiera hacerlo, pero no sabía si era lo suficientemente valiente como para intentarlo.

Creía que siempre había sido una mujer débil y se veía incapaz de cambiar. Solía elegir el camino más fácil, eso le permitía esconder cómo era en realidad y hacía que se sintiera más segura.

Era todo lo que tenía.

–De acuerdo, supongo que tienes razón –le dijo ella entonces.

Decidió seguirle la broma, como si ella también pensara que era absurda la mera noción de que Larissa Whitney pudiera llegar a cambiar.

A Jack le parecía algo tan imposible y absurdo como para echarse a reír. Ella sabía mejor que nadie que cambiar no era fácil.

–Ven a cenar conmigo –le dijo Jack de repente.

Su voz hizo que se estremeciera y logró que pensara en cosas que nunca iba a poder tener y que Jack nunca le ofrecería. Su corazón comenzó a latir más rápidamente. Era un gran seductor y era difícil negarse. Lo peor de todo era saber que en realidad no la deseaba. Jack anhelaba hacerla suya por lo que ella representaba, la misma fantasía que tenían sus muchos admiradores.

Ella, en cambio, sí lo deseaba y sabía que le iba a resultar muy difícil no caer en la tentación.

–Le dijo el zorro a la gallina –repuso ella con una sonrisa.

–Te equivocas. No soy yo el que trato de engañar a nadie –le dijo Jack.

Pero le dio la impresión de que, aunque pensara que estaba jugando con él, la idea no le molestaba en absoluto, todo lo contrario.

–¿Quién sabe? Puede que consigas convencerme para que participe en tu plan. ¿No quieres intentarlo?

Era el hombre más arrogante que había conocido y creía saber cómo era ella y cómo jugaba con los demás. La veía como una mujer mimada, fría y manipuladora. Nada más. No sabía si darle un puñetazo o echarse a llorar.

Decidió que era mejor no hacer ninguna de las dos cosas. Sabía que Jack no reaccionaría bien.

–¿Por qué iba a hacerlo? Parece claro que tú ya has tomado una decisión al respecto –le dijo ella.

–Intenta convencerme –repuso Jack con su voz más sugerente y deseo en sus ojos–. Atrévete –añadió con una gran sonrisa que consiguió que se estremeciera.

Capítulo 4

LARISSA contempló la gran mansión de los Endicott. Dominaba la parte sur de la pequeña isla. Era un símbolo de la grandeza de esa familia que había sido propietaria de esas tierras en el pasado. Un camino privado a lo largo de la costa llegaba hasta la casa principal. La propiedad estaba llena de altos pinos que parecían vigilar desde lo alto como inmóviles centinelas.

Había pasado toda su vida entre algodones y no era la primera vez que contemplaba una mansión de ese tipo, pero no pudo evitar que el corazón le latiera con más fuerza al llegar frente a la puerta. Detuvo el coche y se quedó observando la edificación a la que Jack se había referido como «la casa de verano de los Endicott». Como ocurría con muchas residencias de ese tipo, la familia le había dado un nombre a esa propiedad, se llamaba Scatteree Pines. Era la mejor manera de distinguir las distintas casas que solían tener por todo el mundo familias como la suya.

Jack y ella pertenecían al mismo mundo. Pero, sin saber por qué, se sentía fuera de lugar, como si ella no formara ya parte de ese ambiente.

La lluvia golpeaba con fuerza el techo del coche y los limpiaparabrisas no se movían con la suficiente rapidez para limpiar el cristal delantero. No entendía por qué, pero estaba muy nerviosa.

No sabía qué tormenta era más peligrosa, la que golpeaba en esos momentos la isla o la que se desataba en su interior.

Pero sabía que era mejor no pensar en eso. Se quedó con la mirada perdida en la casa, que parecía observarla con orgullo desde su grandeza, inmóvil y majestuosa en mitad de la inhóspita noche.

No entendía qué le pasaba ni por qué miraba esa casa como si no hubiera visto nada igual en su vida, como si fuera una joven de pueblo que nunca hubiera salido de su granja. En realidad, ella había crecido en una de las últimas mansiones que quedaban en la ciudad de Nueva York, todo un vestigio histórico de la edad de oro de Manhattan. La casa que tenía delante en esos momentos había conseguido impresionarla por distintas razones, parecía un lugar muy recluido y privado. Scatteree Pines estaba erigido en la parte más alta de una colina y debía de tener una vista envidiable del océano Atlántico y del pueblo de pescadores frente a la costa. Era una edificación inspirada en la época victoriana. Tenía un gran tejado central en pico y dos alas, una a cada lado de la entrada principal. Pero estaba en una zona muy apartada de la isla y en una de las islas más remotas de la Costa Este. No se parecía en nada a la residencia veraniega de los Whitney en Rhode Island. Estaba situada en la zona más turística del puerto y todos los visitantes tenían la oportunidad de contemplar con la boca abierta la grandeza y opulencia de su familia.

Pensó que la mansión de Scatteree Pines era el recordatorio que necesitaba. El atuendo con el que había visto a Jack esa tarde, una sencilla camiseta y vaqueros gastados, no se correspondía con la realidad. No debía olvidar que se trataba de uno de los hombres más ricos del mundo y que su familia era muy poderosa. Era el heredero de un legado de poder y dinero que había ido aumentando durante varios siglos y era ese un peso y una responsabilidad que parecía soportar con elegancia y facilidad. Tenía que recordar lo poderoso que era y el daño que podía llegar a hacerle.

Su propio padre era muy parecido a Jack. Había conocido a muchas personas así en su entorno. Ese mismo entorno del que había decidido huir hacía ya ocho meses. Aun así, había aceptado su invitación para cenar con él. Una invitación que le había parecido casi una orden. Sabía que la cena era una excusa y no había tenido la suficiente voluntad para negarse. Jack ni siquiera había tenido que intentar convencerla y le irritaba haber reaccionado como una obediente jovencita.

Una vez más, se sintió atraída como una mosca a la miel. Pero siempre parecían ser las situaciones más arriesgadas y negativas para ella las que conseguían cautivar su atención.

No sabía cómo explicar esa debilidad.

Jack la había besado de nuevo antes de salir de su habitación. Había sido un beso breve pero muy posesivo. Se estremeció al recordar cómo había agarrado su nuca para besarla, como si fuera suya y estuviera marcando su territorio. Después, salió del dormitorio maldiciendo entre dientes, como si se arrepintiera de haberla besado.

Lo peor de estar en una isla era no poder salir huyendo. Seguía paralizada dentro del coche y no se atrevía a salir. Pero tampoco podía dar media vuelta y volver a la posada porque sabía que Jack saldría a buscarla. Pensó que era mejor entrar con seguridad en su guarida que permitir que Jack la atrapara cuando volviera a la posada.

Suspiró y se echó a reír al darse cuenta de que sus dudas y preocupaciones tenían poco sentido.

Se había prometido no volver a engañarse a sí misma, aunque las mentiras fueran menos dolorosas que la verdad. Se sintió muy avergonzada en ese momento y se le hizo un nudo en el estómago. Era mucho más débil de lo que creía y, por mucho que intentara cambiar, no parecía ser capaz de hacerlo.

Llevaba meses tratando de esconderse, huyendo de su pasado y de ella misma. No quería volver a las andadas, recurrir a sus amigos de entonces ni volver a repetir sus errores. Había estado muy orgullosa de ese cambio al ver que era capaz de vivir otro tipo de existencia muy lejos de Manhattan.

Se pasó las manos por el pelo, aún no se había acostumbrado a su cambio de imagen. Algunas mañanas se despertaba y se sorprendía al ver en el espejo que ya no tenía su larga melena rubia. Se había impuesto ella misma esa especie de exilio y había llegado tan lejos como para cambiar su imagen y tratar de que nadie la reconociera.

Nunca había sido capaz de llegar a tanto por sus propios medios y su vida le había parecido entonces casi real. Eso era lo que había estado pensando mientras contemplaba la tormenta y disfrutaba de un café. Pero todo había cambiado en cuestión de segundos cuando se abrió la puerta y entró Jack Sutton en el restaurante. Ese hombre simbolizaba mejor que nadie su pasado y había conseguido destrozar en pocas horas lo que ella había tardado ocho meses en construir. Sentía que sus intentos se habían esfumado como el humo, era como si no hubiera ocurrido, como si no hubiera aprendido nada.

Le parecía increíble que pudiera tener tan poco control sobre su propia vida y sus decisiones. Se sintió desolada. Le parecía increíble que fuera capaz de ignorar todo lo que sabía y lo que había aprendido de sí misma por un hombre al que no le debía nada, todo lo contrario.

Tampoco encontraba una razón para explicar por qué estaba allí esa noche. Había aceptado su invitación echando así a perder todo lo que había conseguido durante esos últimos meses. Le dolía tener tan poca voluntad y sentido común como para caer tan fácilmente en los mismos errores del pasado. Sentía que ese era su primer reto y había fracasado por completo.

«Así soy yo, un absoluto fracaso», se dijo entonces. Y era como si se lo estuviera diciendo su padre.

Suspiró y se tapó la boca con la mano para tratar de controlarse cuando lo que quería era echarse a llorar. Se dio cuenta entonces de que no tenía por qué seguir adelante con aquello. Encendió el motor y colocó la palanca de cambios para dar marcha atrás. Pero antes de que pudiera quitar el pie del freno, se abrieron las grandes puertas de Scatteree Pines. Se quedó inmóvil.

Apareció Jack en el umbral de la puerta y vio que la miraba a los ojos. No pudo evitar estremecerse al ver cómo la observaba y se dio cuenta de que era inevitable.

Ni siquiera podía respirar y el corazón le latía con tanta fuerza que le dolía. Se dio cuenta de que tenía que irse. No podía permitir que la viera llorando ni quería hacer nada de lo que pudiera después arrepentirse.

Pero apagó el motor y puso el freno de mano.

Inhaló y espiró lentamente para tratar de tranquilizarse. Jack seguía observándola. Parecía estar muy seguro de sí mismo, como si supiera que Larissa iba a hacer exactamente lo que esperaba de ella.

Y lo que más le pesaba a ella era saber que Jack tenía razón.

Salió muy despacio del coche, respirando profundamente para llenar sus pulmones y tratar de calmarse. Se aseguró de que sus piernas podían sostenerla antes de comenzar a andar. La lluvia había amainado un poco, pero el viento seguía siendo muy fuerte. Olía a mar y al invierno que se acercaba.

También le llegó el aroma del humo de la madera y de los pinos. Era una noche oscura, sin estrellas. Era así como le gustaba. Estaba harta de las luces y los flashes.

Jack seguía observándola en silencio y no sabía qué podría estar pensando en esos momentos. Había algo que la atraía hacia él, de una manera casi primitiva que sentía en todo el cuerpo. Pero había aprendido que no debía confiar en las cosas que deseaba.

Trató de convencerse de que temblaba por culpa de

la fría noche y de la humedad. Estaba asustada, pero se sentía también muy viva.

Nunca se había sentido tan insegura.

«Es el frío», pensó una vez más.

Pero Jack sonrió entonces y se dio cuenta de que estaba equivocada.

Larissa sabía muy bien lo que Jack esperaba de ella, lo que todos esperaban de ella. Era una joven mimada y superficial y decidió comportarse de esa manera. Estaba dando un gran paso atrás, pero decidió que no era el mejor momento para preocuparse por eso. Respiró profundamente y subió deprisa las escaleras de la entrada. Trató de que su rostro no reflejara lo que sentía.

–¿Es que no tienes servicio en la casa? –preguntó mientras entraba en el vestíbulo–. No puedo creerlo. Pensé que los herederos como tú preferían tener una multitud de esclavos alrededor en todo momento para no olvidar nunca quiénes sois.

Intentó moverse y hablar con seguridad, como si estuviera entrando en la fiesta más exclusiva de la temporada y vestida con un modelo de alta costura. En realidad, llevaba unos vaqueros gastados y un jersey de cuello alto. Había decidido que era mejor cubrir su cuerpo que tan fácilmente parecía traicionarla cada vez que Jack estaba cerca.

–Tú lo sabrás mejor que yo –repuso Jack con frialdad.

Pero la miraba con tanta intensidad, que tuvo que apartar la mirada. Nunca le había costado tanto mantener su papel.

Vio que llevaba los mismos pantalones vaqueros de esa tarde, pero había cambiado la camiseta por un jersey granate de cachemira. Le entraron ganas de tocarlo, parecía muy suave.

Jack le hizo un gesto para que le entregara el abrigo.

Ella se lo quitó y se lo dio. Sujetó la prenda sobre su brazo como si fuera un mayordomo. Al verlo en el restaurante esa tarde, le había resultado fácil imaginar que Jack era un hombre sencillo, un pescador que vivía en esa isla. Pero era imposible mantener esa fantasía viéndolo en la gran mansión familiar.

–Te vi sentada el coche –le dijo Jack entonces sin dejar de mirarla–. Parecías… ¿Has cambiado de opinión?

–¿Sobre qué? ¿La cena?

–Sí, también sobre eso.

Jack dejó su abrigo en un sillón y le hizo un gesto para que lo siguiera. Fueron por un pasillo que estaba en penumbra y miró a su alrededor. Le resultaba más fácil y seguro concentrarse en la decoración para no tener que mirar a ese hombre.

En algunas mansiones de ese tipo, los sueños descuidaban los muebles y las alfombras. Siempre le había llamado la atención la despreocupación que parecían tener las grandes familias del este del país con la decoración de sus casas. Era como si huyeran de la opulencia con esos gestos, como si les avergonzara tener tanta riqueza. Muchos llevaban años conduciendo los mismos coches y no se preocupaban por mantener y renovar sus propiedades. La ética del trabajo tan propia del puritanismo aún corría por las venas de sus familias. Y si hacían obras de caridad no eran vacías de contenido, como ocurría con otros millonarios. La familia Endicott, y sobre todo su implacable abuelo, siempre había sido así.

Scatteree Pines no era una residencia que estuviera en mal estado. Le pareció que estaba decorada con gusto y comodidad. Todo parecía de una gran calidad, pero sin excesos. El aspecto era cuidado, casi como si la residencia estuviera ocupada todo el año.

Entraron en el salón y se dio cuenta de que casi parecía un hogar, un sitio donde podría vivir una familia. Pero se dio cuenta de que se estaba dejando llevar por su imaginación. Aquello solo era una casa, nada más, tan vacía como todas las de sus amigos. Sabía que no tenía sentido añorar lo que siempre le había faltado ni anhelar cosas que no iba a tener nunca. Ese tipo de vida no era para gente como ella.

Trató de convencerse de que era el calor del fuego en la chimenea lo que le daba un aspecto hogareño a la estancia. Estaba nerviosa y decidió sentarse en el sofá.

—¿Quieres beber algo? —le ofreció Jack.

—Bebe todo lo que quieras —repuso ella con frialdad—. Yo prefiero mantener la mente clara cuando estoy a punto de cometer un error colosal.

Jack se echó a reír y fue a la mesa donde tenían las botellas y comenzó a servirse una copa.

—¿Desde cuándo?

—Como te puedes imaginar, es un hábito bastante nuevo —le dijo ella algo dolida—. Tú fuiste el que me recordó enseguida que acabo de salir de una clínica de desintoxicación.

Jack la miró con los ojos entrecerrados.

—¿Tratas de decirme que esta vez te lo has tomado en serio? —le preguntó con incredulidad—. ¿Tú?

«Claro, nadie puede creer que haya cambiado», pensó ella.

Le dolía que la gente no la viera capaz de cambiar ni de querer hacerlo. Y, lo que era peor aún, todos parecían empeñados en evitar que su vida cambiara.

—No sé por qué ibas a hacerlo —le dijo él.

—Puede que haya decidido seguir tus pasos —repuso ella sin dejar de mirarlo—. Quizás yo también quiera cambiar, restablecer mi mala imagen y empezar de nuevo. Igual que hiciste tú.

—No entiendo por qué ibas a querer hacerlo.

La miraba como si no la creyera, como si le parecía imposible que Larissa Whitney pudiera cambiar. Jack, como muchos otros, también parecía estar convencido de que su vida era ya irreparable y estaba demasiado perdida como para poder salir del agujero.

Era algo en lo que solía pensar también ella misma, pero no le gustaba nada ver que Jack estaba de acuerdo.

–Bueno, parece que son muchas las cosas que no entiendes, ¿verdad? –repuso ella.

Jack la miró en silencio. Había mucha tensión en el ambiente y le costaba respirar. No se acercó a ella, se mantuvo donde estaba, pero no necesitaba tenerlo más cerca para que su presencia la afectara profundamente. Seguía observándola y a ella le costaba cada vez más mantener a raya sus emociones.

–Creo que te equivocas, lo entiendo mejor de lo que piensas –le dijo Jack–. Necesitas un nuevo prometido, alguien apropiado, y crees que vas a poder manipularme para llevar a cabo tu plan. No me extraña que lo intentes. Reconozco que eres muy buena en ese tipo de juegos y los dos sabemos que no sería la primera vez.

Sus palabras la dejaron helada.

–¿Crees acaso que te manipulé aquel fin de semana? –preguntó ella con un nudo en la garganta–. Solo recuerdo que fui yo quien te dejó –agregó con una sonrisa.

Notó que algo cambiaba en la mirada de Jack, pero solo duró un instante. Ella no podía dejar de temblar.

–Nunca haría nada que pudiera poner en peligro la confianza que mi abuelo ha depositado en mí –le dijo Jack con seguridad–. No es así como me comporté cuando era más joven y reconozco que tardé demasiado en darme cuenta de que debía cambiar. He dejado atrás mi tormentoso pasado y no voy a darle ninguna razón para que dude de mí. ¿Lo entiendes?

Se dio cuenta de que lo entendía demasiado bien y se le revolvió el estómago. Se sentía avergonzada y desolada. Sus palabras eran tan dolorosas como una bofetada en la cara.

–Supongo que te refieres a mí y a cuánto sufriría tu

reputación si alguien te viera en mi compañía, ¿verdad? –le dijo ella entonces tratando de ocultar el dolor que sentía–. Eso echaría a perder todo por lo que has luchado durante estos últimos años.

Jack la observó como si estuviera esperando algún tipo de reacción. Pero ella no le iba a dar la satisfacción de que la viera perdiendo los estribos o llorando. Tampoco pensaba tratar de cambiar de tema coqueteando con él.

–Si mis palabras han herido tus sentimientos, lo siento mucho –le dijo él con frialdad–. Pero es la verdad. No vas a conseguir lo que quieres de mí, Larissa. Ni esta noche ni nunca. Pase lo que pase.

–¿Qué es lo que crees que quiero? –susurró ella–. ¿Y qué crees que soy capaz de hacer para conseguirlo?

Jack se limitó a sonreír sin dejar de mirarla a los ojos. Había mucha electricidad entre los dos, habría sido absurdo ignorarlo. La miraba con mucha seguridad, tanta como para saber que podía insultarla sin que ella tratara de defenderse. Parecía creerla capaz incluso de ofrecerle su cuerpo con tal de conseguir sus propósitos.

Jack parecía convencido de que todo formaba parte de un plan. Creía que ella estaba tan obsesionada con la fortuna, las finanzas y la herencia de su familia como lo estaba él.

Tanto como para prostituirse con tal de conseguir sus intenciones.

Estaba furiosa y tuvo que respirar profundamente para tratar de calmarse y no gritar. Estaba enfadada con él por tener tan bajo concepto de Larissa Whitney y con ella misma por haberse ganado a pulso esa imagen con el tipo de vida que había llevado hasta entonces.

Se dio cuenta de que no solía enfadarse. Había aprendido a ignorar los insultos para que no le afectaran. Si sentía dolor o humillación, trataba de esconder esos sentimientos o incluso llegaba a actuar de la manera más inapropiada posible para distraer la atención de los demás.

Pero ya no era así. Aunque Jack no la creyera, había cambiado y no pensaba regresar a ese pasado.

Era liberador sentir que estaba en el buen camino y que era capaz de estar enfadada en ese momento y con ese hombre. Creía que era todo un progreso.

Pero sabía que de nada le iba a servir reaccionar con furia. Jack lo interpretaría como una muestra más de hasta qué punto tenía razón. Decidió calmarse y sonreír.

–No entiendo de qué sirve tener esta conversación –le dijo entonces–. Si no vas a participar, ¿para qué quieres meterte en el juego?

–Quiero saber hasta dónde estas dispuesta a llegar y si te queda al menos un poco de vergüenza, Larissa – repuso Jack.

Sintió que lo odiaba. Le parecía un hipócrita. Le hablaba como si él tuviera un pasado impoluto, pero sabía que Jack estaba mostrando más seguridad de la que sentía. Había mucha atracción entre los dos y sabía que él tampoco era capaz de controlar esa situación. No había podido olvidar lo que había habido entre ellos en el pasado y estaba segura de que Jack sentía lo mismo.

Él no era el único que podía controlar ese juego.

Se levantó lentamente del sofá, asegurándose de que Jack estuviera mirándola.

–No tengo vergüenza –le dijo ella con voz sugerente mientras lo miraba a los ojos–. Pero eso ya lo sabías.

Agarró la parte baja de su propio jersey y se lo quitó. Oyó que Jack maldecía entre dientes. Tiró la prenda al suelo y se acercó a él sin nada de cintura para arriba. No solía usar sujetador y vio que a Jack se le iban los ojos a sus pechos, grandes y firmes. Hacía mucho tiempo que no se sentía tan poderosa como en ese momento. Como una especie de diosa fuerte y vengativa con la que los hombres no deberían jugar nunca.

–Vístete –le ordenó Jack.

Pero vio que sus ojos estaban llenos de deseo y que todo su cuerpo parecía estar en tensión. Se terminó su copa de un trago y dejó el vaso en la mesa que tenía más cerca. Pero no se apartó de ella.

–Pobre Jack –lo provocó ella.

Le encantaba haber podido poner al descubierto su debilidad y ver que tenía aún algunas armas a su alcance.

–Hay muy pocas cosas que desees y no puedas tener, ¿verdad? Es una desgracia para ti que yo sea una de ellas.

Capítulo 5

TE HAS vuelto loca –le dijo Jack con frialdad.
Sabía que era mejor apartarse de Larissa, pero no lo hizo. Le habló con más dureza y crueldad que antes. Había esperado que ella se quedara helada, pero parecía estar disfrutando mucho con la situación.

–Ya he probado lo que me ofreces –agregó entonces–. ¿No te das cuenta de que estás humillándote?

Pero recordó que era Larissa Whitney. No tenía vergüenza. La veía incapaz de sentir algo parecido. Sus ojos esmeraldas lo miraban con frialdad. Vio que se apoyaba en el reposabrazos del sofá sin dejar de sonreír, como si tratara de ofrecerle una vista mejor que su cuerpo.

Y él, para su desgracia, no podía dejar de mirar. Era tan perfecta como recordaba. Le encantaba el tono claro de su piel y sabía que era tan suave como parecía. Olía a vainilla y su cuerpo no había tardado en reaccionar al verla así. Estaba listo. Deseaba abrazarla y lamer esos deliciosos pezones hasta conseguir que se retorciera y gritara entre gemidos su nombre.

Pero no iba a hacerlo. Por muy excitado que estuviera, por mucho que la deseara, no quería dejarse llevar por la tentación. Sabía que esa mujer no le convenía.

–Yo no me siento humillada ni avergonzada –le dijo Larissa con dulzura–. ¿No es esto lo que querías? ¿Acaso no me invitaste esta noche a tu casa para poder tenerme desnuda y dispuesta frente a ti? O puede que no te gusten las medias tintas –murmuró ella mientras se llevaba las manos a la cremallera de sus pantalones.

–¡No! –exclamó él sin pensar.

Vio que Larissa lo miraba con los ojos entrecerrados y fue entonces cuando se dio cuenta de que estaba enfadada. Furiosa.

–No entiendo –le dijo entonces con frialdad–. ¿Cómo voy a poder intentar atraparte con mis malas artes y mi falta de escrúpulos si me quedo con la ropa puesta?

Se quedaron en silencio, con esas duras palabras suspendidas en el aire entre los dos. Frustrado, apretó los dientes. Le estaba costando mantener la cabeza fría y no acercarse a ella y terminar esa conversación de una manera mucho más directa.

–¿Qué es lo que quieres, Larissa? –le preguntó entonces.

Porque sabía que él no podía tener lo que quería de ella. Y, si de verdad era el tipo de hombre que quería ser, no podía permitirse el lujo de desearlo. Sabía que no le convenía desear a Larissa.

–Pensé que ya lo sabías y te encantaba decírmelo –replicó Larissa–. Como decidiste cambiar tu vida y todo el mundo te sigue el juego, te crees con derecho a mirarme por encima del hombro. Tienes mucha suerte –agregó mientras se levantaba para acercarse a él–. Bueno, aquí estoy, Jack. Vendiendo mi cuerpo. Tal y como predijiste –le dijo mientras inclinaba a un lado la cabeza con gesto pensativo–. Pero, si yo soy una prostituta, ¿qué eres tú entonces?

–Dijiste que no iba a poder tenerte –le recordó él mientras trataba de controlarse para no tocarla–. ¿Y ahora te ofreces desnuda a mí? ¿En qué quedamos?

–Bueno, a ti solo te faltó llamarme a la cara «mujerzuela» –replicó ella–. Pero fuiste también el que me besó. Eres tú el que no puede evitar tocarme cuando estoy cerca. Y a pesar de todo eso, que no se te olvide que fui yo quien te dejó.

–Creo que sería más inteligente por tu parte que no volvieras a repetirlo –le avisó él tratando de controlar su enfado–. No tengo buenos recuerdos de lo que hiciste entonces.

Decidió que él también podía mentir y hacerle creer que le molestaba que estuviera allí, en esa isla donde tanto le gustaba refugiarse.

–Es que esa es la raíz del problema, ¿verdad? –insistió Larissa con un brillo especial en sus ojos–. Te encanta controlarme y tratar de dominar la situación porque aún no has superado que tuviera la desfachatez de dejar a Jack Sutton Endicott, el soltero de oro. ¿Cómo puede haberse atrevido a tanto una pobre mujerzuela como yo?

No le gustaba que hablara así. Detestaba que se refiriera a sí misma en esos términos y que pensara que esa era la opinión que tenía de ella. Sin saber por qué, sentía la necesidad de protegerla de esos insultos. Quería obligarla a retractarse. No sabía por qué se sentía así, pero no parecía poder evitarlo.

–Yo nunca te he llamado… –comenzó él.

–¿No? –lo interrumpió Larissa con fuego en la mirada.

Le parecía increíble tenerla medio desnuda frente a él, bella como un animal salvaje y furiosa. Nunca la había deseado tanto como en esos momentos. Dio un paso hacia ella. Larissa se limitó a observarlo. Cada vez parecía más enfadada y se dio cuenta de que esa actitud estaba funcionando como un potente afrodisíaco.

–Larissa… –murmuró él a modo de aviso mientras apretaba con fuerza los puños para que no se le fueran las manos a sus pechos–. Ponte el jersey.

–He llevado menos ropa en las portadas de algunas revistas –repuso Larissa mientras se acercaba a él contoneando las caderas–. ¿Desde cuándo te has convertido en un ser tan puritano?

«Desde que te vi en mi isla y de vuelta en mi vida», pensó él.

Ya no le importaba saber qué hacía allí, solo podía

pensar en una cosa en esos momentos y tenía que evitar por todos los medios que fuera el deseo el que controlara sus movimientos.

Se agachó y recogió el jersey que Larissa había tirado al suelo. Se lo ofreció para que se lo pusiera y el movimiento hizo que rozara levemente la piel de su escote.

No pudo evitar que una corriente eléctrica lo atravesara al sentir su cálido y suave cuerpo. Notó que ella entreabría los labios y contenía el aliento. Ese gesto lo excitó más aún.

Se quedaron mirándose a los ojos en silencio. Fue un momento cargado de erotismo. La tensión era casi insoportable.

–Ponte el maldito jersey o lo haré yo –le ordenó con impaciencia–. No voy a permitir que te salgas con la tuya. Eso te lo aseguro.

Larissa frunció el ceño un segundo y se puso seria.

–Y yo te aseguro que no tienes ni idea. No sabes lo que quiero –replicó mientras tomaba el jersey que le ofrecía.

Notó que lo había hecho con cuidado para no tocarlo. Se lo puso tan rápidamente como se lo había quitado.

Larissa siguió mirándolo. Se dio cuenta de que su rostro parecía aún más bello e interesante con su nuevo corte de pelo y su cabello de un color oscuro. Hacía que resaltaran más sus pómulos y que su boca pareciera aún más sabrosa. Recordó entonces todo lo que Larissa le había contado esa tarde en la habitación de la posada. Palabras que él había ignorado, convencido de que eran solo mentiras diseñadas por esa mente perversa para conseguir engañarlo.

A pesar del bajo concepto que tenía de esa mujer, le pareció en ese momento más frágil y asustada que nunca. No le gustó verla así y no quiso analizar por qué parecía tener la necesidad de protegerla.

–¿Qué es lo que te ha pasado? –le dijo entonces él.

No había sido su intención hacerle esa pregunta. Creía que la había invitado a su casa esa noche para vengarse de ella, para humillarla. Quería hacerle ver que no tenía poder sobre él y que no podía involucrarlo en sus juegos. Lo cierto era que ya no le interesaba ese plan. No podía pensar en nada más. El salón parecía cada vez más pequeño y tenía la sensación de estar quedándose sin oxígeno.

Larissa sonrió entonces y, aunque no era su sonrisa falsa, vio que era bastante triste. No sonreía con los ojos.

–Sabes muy bien lo que me pasó –repuso ella con voz cansada–. Todo el mundo sabe qué me pasó. Está escrito en la prensa y allí quedará para la posteridad. De hecho, vuelven a sacar la noticia de vez en cuando para vender más revistas. Mi dolor entretiene a los demás.

–Theo –adivinó él–. Estuviste mucho tiempo con él. Supongo que te dolería perderlo.

No sabía por qué, pero no le gustó siquiera tener que pronunciar el nombre de ese otro hombre. Sabía que había estado con él casi cinco años.

–Me dolió, pero no por las razones que piensas –repuso ella riéndose.

Su risa tampoco era alegre, era un sonido vacío.

–Encontró a alguien que se parecía mucho a mí físicamente pero que, afortunadamente para él, no era yo. Y, claro, esa mujer le viene mucho mejor. No puedo culparlo por ello. Creo que nunca llegué a apreciarlo.

No le gustaron sus palabras y no entendía por qué le importaba tanto. Sus ojos le parecieron más grandes mientras hablaba y su boca, más frágil. De repente, Larissa era una mujer pequeña y frágil. Alguien roto en mil pedazos.

–Puede que fuera Theo el que no llegó a apreciarte a ti como merecías.

A Larissa le sorprendió oír sus palabras tanto como a él mismo.

—Si eso es verdad, nadie tiene la culpa. Solo yo —le dijo ella con una sonrisa y los mismos ojos tristes de antes.

Se quedaron en silencio y alargó hacia ella la mano. Trazó con un dedo su mejilla y sus bellos labios. Sintió entonces algo en su interior. Había necesidad y deseo, pero también algo más. Mientras tanto, Larissa lo miraba con sus inmensos ojos verdes. Parecía muy perdida, como si estuviera esperando a que él volviera a hacerle daño. Y no le gustó nada verla así.

—Creo que será mejor que me vaya —le dijo ella con voz algo temblorosa.

Le dedicó su sonrisa más famosa, enigmática y seductora. Tampoco le gustó ese gesto.

—No todo el mundo puede decir que se ha desnudado para Jack Sutton Endicott en su casa de verano de Maine. Tendré que añadirlo a mi lista de…

—Quédate —la interrumpió él sin pensar en lo que decía—. Quédate a cenar —se corrigió enseguida con una sonrisa—. Te prometí que te iba a dar de comer, ¿no?

Larissa se rio entonces y el cristalino sonido le sonó sincero.

—¿Cómo podría rechazar una invitación así? —repuso ella.

Recordó que esas mismas habían sido las palabras que le había dicho cinco años antes, cuando él sintió la necesidad de irse de la fiesta donde estaba con ella. Ya no recordaba quién había organizado el evento o si el objetivo era recaudar fondos para alguna de las muchas obras benéficas con las que colaboraba a menudo. Pero no se le había olvidado cómo la había tocado y besado. Recordaba perfectamente la sensación que le había producido su suave piel y el calor que desprendía su boca. Había sido un momento de pasión y deseo como no había conocido hasta ese momento. Esa mujer era un auténtico volcán y estar con ella había sido una experiencia increíble e inolvidable. Creía que representaba como nadie la excitación, el peligro, la adrenalina y el deseo.

La había conocido desde siempre. Nunca había perdido el tiempo leyendo las historias que contaban las revistas del corazón, ni siquiera cuando él era el protagonista de los artículos, casi siempre inventados. Aun así, habría sido imposible que se le pasara por alto que Larissa Whitney era la mujer más famosa del momento. Las revistas analizaban al detalle sus palabras, su ropa y su imagen. La destripaban a diario y normalmente con palabras muy poco delicadas. Cuando se reencontró con ella en esa fiesta, recordó cuánto le había sorprendido descubrir que se había convertido en una mujer divertida e inteligente.

Había ido con pocas ganas a ese evento, resignado a aguantar un par de horas muy aburridas antes de poder regresar a casa. Pero Larissa consiguió que se riera. Tras la fiesta, fueron a bailar a la azotea de un edificio desde el que se veía todo Manhattan. Recordaba lo increíble que había sido tocarla. Se había sentido lleno de vida. Su madre acababa de morir y llevaba unos días tratando de aceptar esa pérdida sin saber cómo sentirse. Aún no le había encontrado explicación al hecho de que, por algún motivo, Larissa le había parecido una especie de referente en esa difícil situación. Había sido la única persona que había conseguido despertar algo en su desolado interior, como un faro encendido al borde de un peligroso acantilado.

—Ven conmigo —le había dicho entonces.

Pero no podía recordar si se lo había pedido u ordenado.

Ella lo había estado rodeando con sus brazos y tenía sus pechos aplastados contra su torso. Le había parecido entonces una mujer mágica que había conseguido hechizarlo con sus ojos verdes y su delicioso cuerpo. Con ella entre sus brazos, también él se había sentido un ser especial.

Recordaba muy bien cómo se había reído Larissa. Creía que ella también había estado disfrutando de su compañía y no le preguntó adónde quería llevarla o qué quería hacer con ella. Se limitó a darle un beso y a contestar su sugerencia con otra pregunta.

–¿Cómo podría rechazar una invitación así? –le había dicho Larissa también entonces.

Recordó cómo había reaccionado su cuerpo al oírlo. No sabía si ella estaría pensando también en ese momento. Si lo hacía, su rostro no dejaba entrever sus pensamientos en absoluto.

Aunque no le había dado demasiadas razones para creerlo, seguía tratando de buscar algo en la mirada de Larissa, creyendo que tenía que haber más en su interior de lo que aparentaba.

Pero quizás estuviera solo dejándose llevar por sus deseos, no por la realidad.

Salieron del salón y la llevó hasta la cocina. La habían remodelado unos años antes para hacerla más cómoda y funcional. Fue al frigorífico y empezó a sacar cosas.

–¿Sabes cocinar? –le preguntó Larissa con sorpresa.

–Valoro mucho mi intimidad –repuso él encogiéndose de hombros–. Así que prefiero no tener servicio conmigo y no tener tampoco que pedir la comida por teléfono para que me la traigan a casa. No me ha quedado más remedio que aprender a cocinar.

–¿Qué dirían en Manhattan si supieran que eres tan competente? –comentó Larissa mientras se acercaba a él con una coqueta sonrisa en la boca–. Echarías a perder lo que la gente piensa de ti. Seguro que todos te imaginan con una cohorte de criadas y mayordomos a tu servicio, no como alguien dispuesto a hacer este tipo de trabajo.

–Todo depende de lo que tu consideres «trabajo»

–repuso él–. ¿Acaso estás pensando en otro tipo de cosas que nada tienen que ver con las compras y las fiestas? ¿Se te pasa por la cabeza tener otro propósito en tu vida que dilapidar la fortuna familiar? ¿Te parece eso demasiado trabajo?

–Sabes mejor que nadie que lo es –le dijo Larissa riendo y acercándose más aún.

Tuvo entonces una sensación muy extraña. Era como si ya hubiera vivido esa situación o la hubiera imaginado. Y lo más curioso de todo era que se sintiera así en una cocina, en su cocina, casi como si fuera una escena cotidiana, como si aquella fuera la vida de ellos dos, como si compartieran algo más que unos días de pasión que aún no había podido borrar de su mente. No entendía por qué se sentía de esa manera.

Vio que Larissa fruncía el ceño al ver los alimentos que él había sacado del frigorífico. Tenía un plato con salchichas frescas, un buen pedazo de queso, ajo, albahaca, tomates y un bote con pasta.

Ella lo miró entonces y le dio la impresión de que estaba teniendo la misma sensación que él, fantaseando con una vida con la que nunca se habría atrevido a soñar.

Deseaba a esa mujer. De hecho, creía que nunca había dejado de sentirse atraído por ella, pero estaba seguro de que se trataba solo de sexo, nada más. Sexo explosivo y apasionado que había llegado a confundir con algo más durante esos días. Pero creía que había sido su situación personal entonces, tras la muerte de su madre, la que había provocado que viera cosas que no existían.

Pensó que quizás fuera el hecho de tenerla allí, en la casa de Scatteree Pines, lo que estuviera confundiéndolo tanto. Ese sitio era su refugio personal, nunca lo había compartido con las personas de su pasado.

–Si quieres, yo puedo picar el ajo –le ofreció Larissa.

Era muy extraño. Pero, por otro lado, parecía encajar bien allí.

–No me hace mucha gracia dejarte usar un cuchillo –repuso él.

Larissa sonrió y se dio cuenta de que era un gesto distinto al que tantas veces había visto en las revistas. Podía ver sus dientes y un hoyuelo en su mejilla. También estaba sonriendo con los ojos. Se dio cuenta de que era una sonrisa de verdad y se quedó sin aliento. Tenía la sensación de haber podido ver, durante unos segundos, a la verdadera Larissa.

Sintió en ese instante algo en su interior que le dejó muy claro hasta qué punto acababa de complicar innecesariamente su vida. Se dio cuenta de que no debería haberla invitado a su casa. Por desgracia, Larissa Whitney siempre había sido su debilidad.

A Larissa le pareció que estaba viviendo un sueño. Picó cuidadosamente el ajo y la albahaca. Después, cortó en pedazos pequeños los tomates. La cocina se había llenado de deliciosos aromas y risas, pocas veces se había visto en un ambiente tan cálido. En esa situación, no era difícil fantasear con una vida feliz y compartida.

No podía dejar de observar a Jack. Manejaba sartenes y ollas como si llevara toda la vida haciéndolo. Poco a poco, fue tomando forma la salsa que estaba preparando. Cuando terminó, la sirvió sobre la pasta que acababan de cocer.

Ella, tomó un par de cuencos sin que Jack tuviera que decírselo y los llevó a la mesa. Era como si tuvieran ensayada esa coreografía, como si formara parte de su rutina, algo que hacían cada noche. Le sorprendió darse cuenta de que esos momentos que estaba compartiendo con él eran los más íntimos que había tenido con nadie.

No pudo evitar estremecerse al pensar en ello. Y sintió que le temblaban las piernas y el suelo le parecía menos estable.

–Bueno, me he dado cuenta de que ya habías cortado verduras alguna vez –comentó Jack.

Le dio la impresión de que estaba tratando de averiguar más cosas sobre ella, como si fuera un gran misterio o puzle que tuviera que resolver. Pero pensó que quizás tuviera el único objetivo de confirmar los prejuicios que ya se había hecho sobre ella.

Su experiencia le decía que debía de tratarse de una de las dos cosas y eran caminos que nunca terminaban bien.

Pero decidió que no iba a pensar en esas cosas esa noche. Esa cocina era lo más parecido a un hogar que había visto en mucho tiempo, se sentía protegida de la tormenta y del resto del mundo. La salsa olía fenomenal y le encantó poder sentarse a la mesa para disfrutar de una cena que había ayudado a preparar y poder compartirla con un hombre que se parecía mucho al de sus sueños.

Si se paraba a analizar ese preciso instante, sin pensar en el pasado ni en lo que había ocurrido en el salón, creía que podría fingir que aquello era real y disfrutar del momento.

–No sé cuándo fue la última vez que cociné –murmuró ella entonces.

Pero no dijo nada más al darse cuenta de que había hablado demasiado. Sus palabras delataban lo que Jack ya sabía, que no era nada más que una niña rica y mimada. No quería darle más razones para que siguiera con las recriminaciones y los insultos. Pero Jack se limitó a mirarla y no supo qué estaría pensando. Sus ojos parecían más oscuros que nunca y demasiado atractivos. Tragó saliva. Sabía que no era inteligente permitir que le afectara demasiado esa noche ni ese hombre. Tenía que mantener en todo momento la mente bien despejada y no confiarse.

–Mi madre tenía un ama de llaves en su casa de Francia que se llamaba Hilaire –le explicó ella entonces–. Era implacable y siempre estaba de mal humor, como una dictadora fuera de lugar.

Se quedó mirando los cuencos que había colocado en la mesa. La cerámica estaba decorada en tonos azules y amarillos. Le recordó a la Provenza francesa y casi pudo imaginarse de vuelta en el *château* en compañía de su madre. Había sido una mujer callada y nunca había tenido buena salud. De esos veranos, recordaba especialmente el cielo azul, los árboles y los campos de lavanda. Casi podía oír la voz malhumorada de Hilaire tratando de conseguir que una Larissa desafiante y mimada ayudara en las labores de la casa. Tenía que reconocer que eran momentos que guardaba en un lugar muy especial de su corazón, pero no podía admitirlo.

Levantó la mirada y vio que Jack seguía observándola mientras jugaba con su copa de vino. Nunca había estado así con él, se sentía cómoda y acompañada, pero prefería no analizar esos sentimientos.

–Hilaire pensaba que todas las mujeres deberían ser capaces de cocinar –agregó entonces mientras se encogía de hombros.

Era un gesto que hacía a menudo. Se había acostumbrado a fingir que nada le importaba. Cuando la realidad era muy distinta. Había pasado muchas horas encerrada en esa pequeña cocina, tratando de aprender a cocinar sin demasiada suerte. El ama de llaves no paraba de protestar y solía dedicarle unas cuantas parrafadas en francés que nunca entendía. A pesar de todo, eran días que recordaba con cariño. Aunque siempre estaba de mal humor, a esa mujer le había importado lo suficiente como para tratar de enseñarle a cocinar y lograr que mejorara con poco. Cada vez le costaba más despedirse de la Provenza al final del verano, pero nadie le había enseñado a expresar sus sentimientos y decidió que era mejor no volver a esa casa. Poco después, Hilaire dejó de trabajar para su madre. Desde entonces, solo había visitado el *château* muy de vez en cuando,

cuando se cansaba de las fiestas en los yates de Saint-Tropez o el bullicio de Cannes. Su vida había estado desde entonces muy vacía.

Sintió que se le llenaban los ojos de lágrimas, no podía creerlo.

Jack sonrió levemente y tomó su tenedor.

–Mi madre era igual –susurró Jack–. Solía decir que no permitiría que un hijo suyo creciera sin saber al menos cómo cocinar o cuidar de sí mismo.

Le gustó verlo sonreír, pero no pudo evitar sentir cierta envidia. Se preguntó cómo sería sentir que era ella la causante de esa sonrisa melancólica.

–Ella era una Endicott de pura raza, igual que mi abuelo. No le gustaban nada los excesos de la otra rama familiar, la de los Sutton.

–¿Y cómo eres tú? Supongo que estás a medio camino entre los puritanos Endicott y los Sutton, mucho más dados al lujo, ¿no?

Recordaba muy bien cómo había sido Jack en el pasado. Mujeriego, juerguista e irresponsable. Siempre había conducido los coches más caros y eran famosas las indecentes sumas de dinero que había llegado a gastarse en una sola noche. Había sido como el resto de ellos, los otros herederos de Manhattan, los amigos que habían tenido en común. Probó la pasta y suspiró encantada al sentir cómo se mezclaban los sabores en su boca.

Jack le dedicó entonces otra de sus sonrisas. Era perfecto, no le extrañó que se hubiera convertido en un soltero de oro. Ese hombre le afectaba más de lo que habría querido admitir y apartó la mirada.

–Toda la gente cambia, Larissa –le dijo Jack entonces–. ¿Qué otra alternativa tenemos?

–Pero muchas personas no cambian nunca –replicó ella–. La mayoría rechaza hacerlo y está dispuesta a hacer lo que sea necesario para no tener que cambiar nada, ni de su manera de ser ni su vida. Nada.

–Entonces, esas personas son como niños –le dijo Jack con firmeza–. Los adultos tienen que aceptar su responsabilidad y hacer lo que se espera de ellos. Si eso implica tener que cambiar, es necesario hacerlo. En eso consiste madurar.

–Pero no es nada común que una persona se despierte un día y, sin más, decida cambiar su vida –le recordó Larissa eligiendo con cuidado sus palabras para que Jack no pudiera saber que estaba hablando de ella misma–. Me da la impresión de que las personas capaces de hacer algo así llegan a esa situación después de sufrir algún trágico acontecimiento. De otro modo, no creo que nadie se arriesgara a perder tanto. Es demasiado doloroso –prosiguió ella–. Además, es difícil encontrar el apoyo de los demás cuando uno decide cambiar. De hecho, ocurre lo contrario. Los que te rodean, luchan con uñas y dientes para que no cambie nada y mantenerte exactamente en el sitio en el que te tenían. Nadie cambia por propia voluntad si tiene la manera de evitarlo. Nadie.

Jack se quedó callado unos segundos mientras la miraba con atención. Después, apartó un segundo la vista y poco a poco fue desapareciendo la tensión que llenaba el ambiente.

Hablaron de otras cosas, de la historia de esa isla y de los veranos que Jack había pasado allí siendo solo un niño. Eran temas mucho más seguros y les permitieron charlar mientras disfrutaban de la comida.

Cuando terminaron, Larissa llevó los cuencos al fregadero. Se dio la vuelta y vio que Jack estaba tras ella y muy cerca. Él apoyó las manos en la encimera, atrapándola así entre sus fuertes brazos.

Supo que debía hacer algo. Podía chillar o salir corriendo. Al menos, creía que debía protestar, pero se limitó a quedarse inmóvil, mirándolo a los ojos mientras sentía que le hervía la sangre en sus venas.

–¿Has cambiado tú, Larissa? –le preguntó Jack con

media sonrisa–. ¿Es eso lo que estás tratando de decirme?

Se echó a temblar al oír sus preguntas y no pudo evitar sentir miedo. Había cometido un grave error al olvidar lo peligroso que podía ser ese hombre. Se había distraído fantaseando con esa escena tan hogareña en la cocina y recordando los veranos pasados en la Provenza francesa.

–No hago anuncios sobre ese tipo de cosas –le dijo ella fingiendo más seguridad de la que sentía en esos momentos–. Eso me parecería muy confuso. ¿Acaso no has notado que, después de que alguien anuncie a bombo y platillo ese tipo de cosas, se descubre que en realidad no ha cambiado en absoluto?

–Es verdad –repuso Jack entonces–. Pero supongo que nadie tiene tanto camino por hacer en ese cambio como tú, ¿no?

Una parte de ella lo odiaba por hacerle un comentario tan cruel. Era la misma parte que hacía que se sintiera pequeña y vulnerable al haber permitido que un hombre como Jack pudiera hacerle daño. Después del rato tan agradable que acababan de pasar, habría esperado algo más de él, pero se dio cuenta de que había cometido un grave error. Era como si nunca aprendiera de esas cosas.

–No, claro que no –replicó ella tratando de fingir que sus palabras no podían herirla–. Después de todo, represento lo peor que puede haber en una persona, ¿verdad? Muchas gracias por recordármelo.

Normalmente, la protegía una fuerte muralla que había levantado a su alrededor. Solía ser impenetrable, pero sentía que ese hombre había conseguido romperla en mil pedazos con una simple cena en la cocina de su casa. Le parecía increíble que algo tan inocente pudiera llegar a afectarla tanto. Una vez más, sintió que su vida era patética y que ella también lo era.

Jack había conseguido que se sintiera cómoda y segura y ella se había confiado y había bajado sus defensas. Había hecho que creyera posible lo que solo era una fantasía.

Además, le había hecho recordar demasiado y sentir demasiado. Era lo mismo de lo que había huido la primera vez y de eso ya habían pasado cinco años. Era como si no hubiera aprendido nada y hubiera caído en el mismo error.

De alguna manera, creía que aquel lejano fin de semana con Jack la había empujado a dejarse llevar con el siguiente hombre que se cruzó en su camino y había acabado prometida con Theo.

—¿Por qué esta noche quiero creer lo que me estás contando, Larissa? —susurró Jack entonces.

Sus palabras le llegaron como una caricia que recorrió todo su cuerpo. Él se acercó un poco más y ella se quedó sin aliento. Era imposible ignorar lo cerca que estaba, lo sentía en cada célula de su cuerpo, en cada centímetro de su piel. No podía dejar de mirar su cara y le tentaban sus gruesos labios.

—Y si de verdad no eres quien creo que eres, ¿por qué no te defiendes de los ataques? —le preguntó Jack.

Se rio al oírlo, pero era solo una manera de distraerlo y rebajar la tensión del momento.

—Es mejor no defenderse ni dar explicaciones —le dijo ella fingiendo que nada de aquello la afectaba—. Creo que lo dijo alguien famoso, pero no recuerdo quién.

—Si no puedes defenderte, creo que sí deberías tratar de explicarte —susurró Jack con su boca cada vez más cerca—. Ahora mismo, no hay nadie más aquí, yo sería el único que lo sabría.

—Y yo —repuso ella.

Lo que menos entendía era que quería explicárselo todo, compartir con él todo lo que le había pasado. Le parecía una locura que no podía acabar bien. Creía que Jack no iba a hacer nada para tratar de ayudarla, sino que usaría esa información para ridiculizarla.

Y estaba convencida de que ella misma era la única que podía ayudarla a cambiar, nadie más. Costara lo que costara, estaba decidida a hacerlo.

–Larissa…

Jack dijo su nombre como si fuera una canción o una blasfemia. Tomó su cara entre las manos y dejó después que se deslizaran hasta enterrarlas en su pelo. No pudo evitar estremecerse al sentir que la tocaba.

Le tenía mucho miedo. Pero, por otro lado, nunca se había sentido tan viva como en ese instante. Jack hacía que se sintiera así y no era la primera vez que lo conseguía. Siempre había tenido el poder necesario para sacarla de su letargo.

–Cuando tienes una vida complicada, siempre va a haber gente que te odie y no puedes hacer nada para que piensen de otra manera –susurró ella mientras lo miraba a los ojos.

La mirada de Jack era tan oscura y magnética que no pudo evitar estremecerse. Creía que podría llegar a ahogarse en esos ojos y en ese momento le pareció que ya se había hundido para siempre en su mirada.

–Lo único que puedes hacer es seguir adelante y tratar de causar menos daño. ¿Qué otra opción tendrías en una situación similar?

–¿Menos daño? –repitió Jack–. ¿Menos daño? ¿Qué significa eso en una persona como tú? Ni siquiera puedo imaginarlo.

Larissa no pudo evitarlo, no pudo hacer lo que debería haber hecho. No pudo apartarse de él ni poner algo de espacio entre los dos. No pudo salir de la cocina y de esa casa. Tenía que reconocer que siempre había sido muy débil y no se le daba bien resistir las tentaciones. Jack Sutton era la tentación más peligrosa que se le había presentado nunca. Aunque sabía que le iba a hacer daño, no podía evitarla.

Estaba cansada de analizar su propia vida y su persona, harta de todo aquello. Jack siempre había sido su debilidad, en el pasado y también en el presente.

Se puso de puntillas, aceptó su destino y lo besó en los labios.

Capítulo 6

LARISSA notó una explosión de sensaciones en su interior en cuanto sus labios se juntaron. Le bastó con saborearlo para que el deseo se hiciera casi insoportable. Jack giró la cabeza para profundizar en el beso mientras la sujetaba con sus fuertes manos para tenerla aún más cerca.

Era demasiado. Y, a la vez, no era suficiente. Sabía que nunca podría serlo.

Quería sentirse más cerca aún de él, tocarlo y tenerlo bajo sus manos. Deslizó los dedos bajo el jersey de Jack y se estremeció al sentir sus marcados abdominales. Le ardía la piel y ella se sentía igual.

Jack murmuró entre dientes su nombre y lo hizo de nuevo como si ella fuera una maldición de la que no conseguía librarse. Se apartó un segundo para levantarla y sentarla en la encimera donde había estado apoyada. Ella apenas lo notó, se limitó a abrazarlo con sus piernas y a perderse en las sensaciones que la embriagaban. Era increíble que hubiera tanta química entre los dos y se dejó llevar por todo lo que estaba sintiendo, todo lo que Jack estaba consiguiendo despertar en su interior con sus labios.

No pudo evitar que, en medio de la neblina provocada por la pasión, su mente se llenara de recuerdos que había tratado de enterrar en el pasado y que parecían estar intensificándose con ese beso. El corazón comenzó a latirle con más fuerza en el pecho. Recordó lo increíble que había sido aquel fin de semana de pasión, lo bien que habían conectado sus cuerpos en todos los sentidos. Era increíble pensar en ello mientras sentía las caricias de Jack en el presente. Ni siquiera podía respirar.

Una parte de ella sabía que era un error, que no debía dejarse llevar y que tendría que pagar después muy caro el haber caído en la tentación. Pero lo cierto era que no le importaba. Intentó que le importara, pero no lo consiguió.

Jack dejó de besar sus labios para recorrer su garganta con la boca, dejando un rastro de fuego en su piel que le hizo sentirse más indefensa aún entre sus brazos.

Siempre había lamentado no haber evitado las tentaciones. Había cometido muchos errores en su vida que la habían llevado por un camino de destrucción y escándalos. Pero mientras besaba a Jack en su cocina, se dio cuenta de que ese error le iba a valer la pena por mucho dolor que le provocara después.

Jack volvió a atrapar sus labios con más deseo aún y dejándole muy claro quién llevaba la iniciativa. Pero aquello no era una lucha de poder para ella y estaba encantada dejándose llevar.

Decidió entonces que no debía seguir dándole vueltas a cosas que no iba a poder cambiar, al menos no esa noche. Se acercó un poco más a Jack y levantó su jersey para que se lo quitara. Él hizo lo que le indicaba y Larissa no pudo evitar suspirar al ver su torso. Parecía una escultura clásica con cada uno de sus músculos esculpidos en piedra. Pero su piel no era fría, sino todo lo contrario. Le encantó poder volver a tocarlo.

Una voz en su interior le recordó en ese momento que ese hombre podía llegar a hundirla aún más, pero ella ya se veía tan perdida que no le parecía posible que Jack pudiera empeorar su situación. Además, no encontraba motivos para negarse a disfrutar de ese momento. Creía que lo que estaba pasando había sido inevitable y había estado escrito en su destino desde que lo viera entrar en el restaurante de la posada esa misma tarde.

O cabía incluso la posibilidad de que esa noche fuera

la consecuencia de lo que habían compartido cinco años
antes. Y ella no podía arrepentirse de aquel fin de semana ni de lo que estaba viviendo entonces. Jack era
delicioso y nadie le hacía sentir tantas cosas como ese
hombre.

Él comenzó a acariciarle la espalda y pudo sentir el
calor de sus manos a pesar del grueso jersey que aún
llevaba puesto. Después, las bajó hasta sus muslos, su-
jetándolos con firmeza mientras seguían besándose.
Jack se acercó un poco más y pudo sentir su erección.

Se quedó entonces sin aliento y notó una oleada de
deseo y fuego por todo su ser. Jack también parecía estar fuera de sí.

Dejó de besarlo para concentrarse en su torso, tenía
que saborearlo y así lo hizo, recorriendo sus músculos
con la lengua. Sabía a sal y a hombre. Su cuerpo era atlético y fuerte, tan poderoso como lo era su personalidad.

Jack era perfecto, creía que no había otra palabra que
lo definiera mejor.

–Llevas demasiada ropa –le susurró Jack entonces.

Se estremeció al oír su voz, llevaban minutos en silencio, entregados por completo a su deseo.

Entre los brazos de ese hombre y en ese instante que
parecía colgado en el tiempo, sintió que podía ser otra
persona, que todo era posible. Fantaseó con la idea de
cambiar y poder convertirse en quien ella quisiera.

Llevaba mucho tiempo tratando de sobrevivir con la
idea que los demás tenían de ella. Con Jack, se sentía
mucho más viva y llena de luz.

Se echó un poco hacia atrás mientras acercaba las
caderas a la pelvis de Jack. Le gustó detenerse un momento para mirarlo a los ojos.

Sus rasgos parecían más pronunciados, como si el
deseo los hubiera acentuado. Y sus ojos oscuros le parecieron casi negros. La miraban como si estuviera a
punto de devorarla y el corazón comenzó a latirle más

rápidamente. Se dio cuenta de que no había deseado tanto a nadie como deseaba a Jack en esos momentos. Era incluso más intenso de lo que lo había sido cinco años antes.

Sin dejar de mirarlo a los ojos, levantó los brazos y esperó.

Jack tomó su jersey y se lo quitó lentamente, muy lentamente. Fue sintiendo poco a poco el frío de la cocina en su piel. Sabía que estaba castigándola así por el semidesnudo con el que había tratado de provocarlo en el salón.

Cuando por fin se lo quitó y lo tiró al suelo, vio que se le iban los ojos a sus pechos. Alargó despacio la mano y tocó uno de ellos. Lo hizo casi con reverencia, como si fuera un valioso y delicado objeto. Comenzó entonces a jugar con el pulgar sobre cada pezón y ella no pudo evitar estremecerse y que su espalda se arqueara hacia él. Era una sensación maravillosa, exquisita. El placer era cada vez más intenso.

Pero perdió por completo el control cuando vio que se inclinaba para atraparlos con su boca. Echó entonces la cabeza hacia atrás y no pudo evitar gemir de placer.

Apretó con fuerza las piernas, quería estar más cerca de él. Todo le daba vueltas. Eran demasiadas las sensaciones y apenas fue consciente de que Jack la había levantado de la encimera. Lo hizo sin dejar de lamer y succionar sus pezones y el deseo la consumía.

–Agárrate con fuerza –le susurró entonces Jack.

Se aferró a su cuello. Era increíble sentir ese fuerte y suave torso contra su piel desnuda. Los dos parecían estar en llamas.

La tendió sobre una superficie antes de que pudiera evitarlo y tardó unos segundos en darse cuenta de que estaba en la mesa donde habían cenado, expuesta frente a Jack como si fuera su banquete.

Se inclinó entonces sobre ella, apoyando las manos en la mesa y mirándola de arriba abajo. Jack se incorporó y colocó las manos en uno de sus muslos. Fue bajándolas hasta llegar a su bota. Se la quitó lentamente e hizo lo mismo con la otra. Vio que tenía el ceño fruncido, como si desvestirla requiriera toda su concentración.

Contuvo el aliento cuando vio que se disponía a desabrocharle los pantalones vaqueros. Se limitó a levantar las caderas sin protestar para ayudarle. Ya estaba casi completamente desnuda, solo llevaba unas braguitas rojas, nada más.

Durante unos segundos, Jack se limitó a mirarla. Sus ojos ardían con la fuerza de su pasión y parecían más oscuros y brillantes que nunca. Era como un animal hambriento, contemplando la presa que acababa de cazar. No pudo evitar estremecerse al ver cómo la miraba. Estaba lista para él, húmeda y excitada. Volvió a sentir una corriente eléctrica en su interior, era casi como si ese no fuera su cuerpo, como si no tuviera control sobre él.

Sintió en ese instante que había pasado los últimos cinco años sin vivir de verdad porque le habían faltado sus manos, sus caricias y su boca. Tenía la sensación de que aquel hombre era lo único que importaba y que nunca iba a conocer a nadie como él.

Todo aquello era demasiado intenso, demasiado fuerte para que pudiera aceptarlo. Le parecía increíble sentir en esos momentos cuánto lo había echado de menos, casi con desesperación. Era casi imposible mantener la cordura en esos instantes. Una voz en su interior se negaba a permanecer allí, a su merced. Quería huir antes de que fuera demasiado tarde, le daba miedo ver hasta qué punto ese hombre le hacía perder el control. Pero no podía irse.

Se incorporó y apretó las caderas de Jack con sus piernas. Necesitaba tenerlo más cerca. Agarró la cinturilla de sus vaqueros y se estremeció.

Aquello era demasiado. Más de lo que podía soportar. Jack era demasiado.

Pero tampoco conseguía detenerse, no quería hacerlo. Sabía que iba a tener después tiempo para arrepentirse de lo que estaba pasando, pero no podía pensar en eso.

Era increíble ver cómo la miraba Jack. Nunca se había sentido tan deseada. Siguieron mirándose a los ojos mientras ella le desabrochaba los pantalones, bajaba lentamente la cremallera con cuidado para no tocar su erección. Podía oír la fuerza de la tormenta sacudiendo los cristales de la casa y el viento seguía soplando. Pero esas cosas parecían pertenecer a otra realidad que nada tenía que ver con ellos. Allí solo existía el sonido de sus respiraciones y ese hombre.

–No, ahora no –susurró Jack al ver que ella comenzaba a acariciar su erecto miembro.

Tardó unos segundos en entender sus palabras, estaba demasiado concentrada en lo que estaba haciendo. Se acercó más a él, como si estuviera a punto de tomarlo en su boca para saborearlo de verdad. Pero Jack gimió y le apartó las manos para que dejara de tocarlo. Se agachó sobre ella y volvió a besarla con más pasión aún.

Ella volvió a dejarse caer en la mesa y él la siguió. Los besos eran cada vez más ardorosos e íntimos. Jack apoyaba todo su peso en una mano. Con la otra, fue recorriendo lentamente su vientre, bajando poco a poco hasta llegar a su entrepierna. Apartó entonces sus braguitas y deslizó un dedo en su interior.

Por fin… Larissa se quedó sin aliento y arqueó su cuerpo hacia esa mano. No podía pensar en nada más, todo le daba vueltas. Estaba desesperada, fuera de sí.

–Jack… –consiguió gemir entonces.

Notó que ese gemido no hizo sino encenderlo aún más. Siguió acariciándola hasta que estuvo a punto de perder el control, pero se detuvo de repente.

Abrió los ojos y vio que Jack la observaba. Era como si le estuviera haciendo el amor con esa mirada, la sentía por todo su cuerpo, desde los pies a la coronilla. Era casi como si ya estuviera dentro de ella y la hubiera hecho suya. Se dio cuenta en ese instante de hasta qué punto era peligroso Jack. Ese hombre iba a robarle el alma, le pediría mucho a cambio y ella no iba a poder hacer nada para evitarlo.

Pero también sabía que el deseo que sentía por él era una especie de veneno que lo arrasaba todo. Rodeó sus caderas con las piernas y lo atrajo contra su cuerpo.

Creía que Jack era demasiado y, a la vez, nunca podría ser suficiente.

Se deslizó entonces en su interior y ella sintió que mil luces estallaban a su alrededor.

Jack esperó a que Larissa abriera de nuevo los ojos, esos ojos verde esmeralda en los que se había perdido. Fue entonces cuando comenzó a moverse en su interior.

Larissa era más perfecta aún de lo que recordaba. Llevaba cinco años soñando con ella, con sus suaves curvas, su cuerpo y una boca tan peligrosa como el veneno más letal. Se estremeció al escuchar cómo comenzaba a gemir. Lo envolvía su aroma de vainilla, que la hacía aún más deliciosa y tentadora.

Fue marcando el ritmo de los movimientos, cada vez más rápidos y seguros. Consiguió acercarla al clímax usando también su boca, su lengua y sus manos. Jugó con ella, con ese cuerpo perfecto. Nunca había llegado a imaginarse que iba a tener la oportunidad de volver a tocarlo, pero allí estaba, debajo de él para su disfrute. Larissa elevó hacia él sus caderas, le estaba clavando las uñas en la espalda, quería más intensidad y no la hizo esperar.

Nunca había deseado a nadie como la deseaba a ella. Deslizó la mano entre los dos hasta encontrar su centro de placer y comenzó a acariciarla sin dejar de moverse sobre ella. Sintió cómo se tensaba todo su cuerpo y Larissa no tardó en gritar su nombre.

Él alcanzó pocos segundos después el clímax y fue tan intenso y perfecto que se dejó caer sobre ella al terminar, totalmente ajeno a todo lo que lo rodeaba en esos momentos.

Cuando consiguió por fin recuperar el aliento, se apoyó en los codos para apartarse unos centímetros y poder mirar su bello rostro. Intentó, una vez más, descubrir qué había tras esos rasgos y tras esa mirada misteriosa.

Larissa seguía tendida y relajada sobre la mesa del comedor como un manjar de dioses. Su clara piel, sonrojada y los labios, entreabiertos.

No había visto nada tan bello como ella y no tardó en excitarse de nuevo. Aunque acababa de hacerla suya, el deseo volvió con fuerza. Larissa le hacía pensar en cosas en las que hacía mucho tiempo que no pensaba. Cinco años antes, cuando estuvieron juntos, también le habían confundido sentimientos a los que no estaba acostumbrado, pero había tratado de convencerse de que estaba así por culpa de la muerte de su madre y que esos sentimientos no eran reales.

Pero Larissa sí era real y estaba a su lado. Al menos durante esos momentos, esa mujer era suya.

No sabía si se estaba engañando de nuevo, pero prefería no pensar en ello y se convenció de que lo que sentía en su interior era excitación al saber que iban a pasar esa noche juntos. Nada más.

Se apartó de la mesa y se subió los pantalones.

Larissa se movió, pero no abrió los ojos. Parecía muy vulnerable y frágil. Sintió de nuevo la misma sensación en su interior y no tardó en ignorarla. Sabía que era mejor así.

La tomó entonces en sus brazos y salió con ella de la cocina. Subía las escaleras cuando Larissa abrió por fin los ojos.

–No te atrevas a llevarme la contraria –le dijo él con un nudo en la garganta–. Vas a quedarte.

Larissa se mordió el labio inferior y lo miró con los ojos entrecerrados, pero no dijo nada.

La llevó hasta el mejor dormitorio de la casa, una amplia suite que ocupaba gran parte del segundo piso. Tenía enormes ventanales y una vista inigualable del océano.

La dejó en la gran cama con dosel.

Ella no protestó. Recordó entonces que se trataba de una mujer que no solía mostrar arrepentimiento de ningún tipo. Era Larissa Whitney.

Se limitó a cerrar de nuevo los ojos y a estirarse como una gata. Él no podía dejar de mirar su delicioso cuerpo.

«Es mía», pensó entonces él.

Sentía que esa era la verdad, pero tampoco quiso analizar por qué se sentía así. Decidió que no importaba. No podía permitirse que le importara.

Con seguridad, se sentó a su lado en la cama. Abrió el primer cajón de la mesita. Larissa estaba desnuda y a su lado. No se arrepentía de lo que estaba a punto de hacer. Sacó unas esposas que había usado una vez para disfrazarse. Colocó una en la muñeca de Larissa que tenía más cerca y la otra en el cabecero de hierro forjado de la cama.

Ella abrió los ojos entonces. Vio que le sorprendió verse amarrada a la cama, pero no mostró alarma ni miedo. Se limitó a tirar de su brazo para comprobar que de verdad estaba atada.

–¡Qué pervertido! Y ni siquiera hemos acordado una contraseña que te pueda decir si deseo que me sueltes.

–No quiero que te hagas una idea equivocada.

–¿Una idea equivocada? ¡Pero si acabas de atarme a tu cama con unas esposas!

–Lo que quiero evitar es que te vayas sin despedirte –repuso él mirándola a los ojos–. Como hiciste la última vez.

Larissa se quedó callada, pero notó que había algo más de tensión en el ambiente.

–La mayoría de los hombres se habría limitado a pedírmelo –le dijo ella entonces.

–Yo no soy como la mayoría de los hombres –repuso él con seriedad mientras comenzaba a acariciar sus pechos con un dedo–. Y tú, Larissa, tampoco eres como la mayoría de las mujeres.

Ella lo miró con algo de tristeza en sus ojos.

–¿Qué tipo de mujer soy? –susurró Larissa.

Aunque estaba desnuda en su cama como si nada le preocupara y parecía muy segura de sí misma, tuvo la sensación de que necesitaba escuchar su respuesta, que era muy importante para ella.

Pero tampoco podía pararse analizar por qué Larissa parecía sentirse así.

Sabía que iba a tener que casarse con una joven que fuera del agrado de su abuelo. Se trataría sin duda de una mujer de buena familia, aburrida y anodina que no le recordaría al mar. Sentaría la cabeza con ella y llevaría una vida llena de responsabilidades y obligaciones. No iba a volver a sentirse como se sentía en esos momentos, subido a una montaña rusa de sensaciones y deseo. Trató de convencerse de que era eso lo que quería y debía hacer.

Pero por esa noche, dejó de lado sus responsabilidades. Solo podía pensar en la mujer que tenía tendida en su cama, esperándolo casi desnuda.

–Por ahora, solo sé que eres mía –le dijo él mientras la miraba como si sus palabras fueran casi una promesa.

Capítulo 7

JACK le soltó las esposas algún tiempo después. Fue una noche larga y muy intensa. Larissa no tardó en darse cuenta de que, aunque no la sujetara ya físicamente, la influencia que ese hombre tenía sobre ella era suficiente para conseguir que permaneciera a su lado. Era casi como si la hubiera hechizado.

Larissa se despertó a la mañana siguiente con dolor. No era dolor físico, creía que eso habría sido mucho más fácil de tolerar. Físicamente, se encontraba fenomenal, más viva que nunca y llena de energía. Era como si por fin hubiera entendido, después de mucho tiempo, que ese era el principal cometido de su cuerpo, hacer el amor con Jack.

El dolor que sentía era emocional y le entraron ganas de salir corriendo y esconderse en su habitación de la posada. Le apetecía prepararse un largo baño y quedarse metida en el agua hasta que se le olvidaran todas las cosas que estaba sintiendo.

Jack seguía dormido y la rodeaba con un abrazo. Lo apartó cuidadosamente para no despertarlo y se alejó de él. Sentía cierta desazón y pensó que sería frío, eso era al menos lo que esperaba. Vio que seguía lloviendo y que ya había amanecido. Era una mañana fresca y húmeda y recordó que iba a tener que ir hasta la cocina para recoger su ropa. Le bastó con pensar en ello para decidir quedarse en la cálida cama.

También ayudó que Jack se acercara entonces a ella y rodeara su cintura con el brazo. No pudo evitar suspirar feliz. Era increíble sentir de nuevo el contacto.

Le parecía increíble lo débil que podía llegar a ser cuando estaba con ese hombre. Tenía que reflexionar sobre lo que había pasado. Creía que esa noche le había afectado más de lo que quería admitir y que no era la misma persona esa mañana. Aunque no tenía muy claro en qué había cambiado.

Aun así, lo único que quería hacer era dejar que la abrazara y olvidarse de todo. Era como si nada más le importara cuando estaba cerca de él.

Pensó que tendría tiempo para pensar más tarde, cuando pasara la tormenta y se enfriara el fuego que había ardido entre los dos la noche anterior. Antes tenía que recuperar su sentido común y la cabeza.

–¿Tendré que atarte de nuevo a la cama? –le preguntó Jack con la voz ronca y medio adormilada.

–¿Esta vez me estás pidiendo permiso? –repuso.

Jack tiró suavemente de ella hasta tenerla aplastada contra su torso. No pudo evitar suspirar al sentirse de nuevo tan cerca de él y se estremeció cuando comenzó a besarle el cuello.

Podía sentirlo a su alrededor, sosteniéndola entre sus brazos mientras la abrazaba. No tardó en percibir la prueba de su excitación. Sabía que era un error, pero no tenía la fuerza de voluntad necesaria para evitarlo. Era increíble estar así con él. Ese hombre conseguía despertar su deseo sin que pudiera hacer nada para evitarlo. Después de la noche que habían compartido, creía que ya debería sentir que no necesitaba nada más. Pensaba que lo mejor que podía hacer era levantarse e irse. Aunque solo fuera por su propia cordura.

Pero no lo hizo. Se limitó a echar hacia atrás la cabeza y buscarlo con sus labios. El deseo estalló entonces con más fuerza.

–Quédate –murmuró Jack entonces dejando de besar sus labios para concentrarse de nuevo en su cuello–. Quédate a desayunar –añadió mientras comenzaba a acariciar sus pechos.

–Yo nunca desayuno –repuso ella con la voz entre-cortada.

No podía hacer nada para evitarlo, se entregó total-mente a él. El deseo la dominada por completo.

Se colocó sobre ella sin dejar de mirarla a los ojos. Ha-bía mucha sensualidad en su mirada y mucho deseo. Se deslizó entonces en su interior y ella se quedó sin aliento.

Sabía que no le convenía y que aquello no debía gus-tarle tanto como le gustaba, pero era la verdad.

–Bueno, no te preocupes. Si no desayunas, ya se nos ocurrirá alguna otra cosa que hacer –le susurró Jack con media sonrisa.

Larissa se dio cuenta enseguida de que Jack tenía un gran poder de convicción. Tampoco quiso que se fuera ese día ni el siguiente.

Pasaron mucho tiempo en esa casa. Para respirar un poco de aire puro, decidieron algunos días después dar un paseo por el bosque, pero no consiguieron dar des-canso a sus cuerpos y terminaron haciendo el amor con-tra uno de los abedules.

Después, la llevó a su coche y fueron hasta el pue-blo. Jack no le había dicho adónde iban, pero no tardó en entenderlo al ver la posada. Subió las escaleras hasta su habitación. Le parecía increíble estar allí de nuevo. Tenía la sensación de que Jack iba a dejarla y no sabía cómo evitarlo.

Además, pensaba que merecía sentirse así por haber permitido que ese hombre tuviera demasiada influencia sobre ella. Después de todo, esa apasionada aventura no podía terminar de otro modo.

–Haz la maleta –le dijo Jack entonces.

Vio que la miraba con frialdad y se veía incapaz de adivinar qué estaría pensando. Había mucha tensión en-tre los dos y le costaba respirar con normalidad. Trató de calmarse y prepararse para lo inevitable.

–¿Acaso ha llegado el transbordador al puerto? –le preguntó ella sin dejar que su voz la traicionara–. ¿Me estás echando de tu isla tal y como me prometiste el primer día?

No le gustó nada ver cómo la miró entonces. Giró la cabeza y la estudió con sus ojos inescrutables, como si ella fuera un puzle que estuviera tratando de resolver. Desde el umbral de la puerta, con los brazos cruzados y un gesto indolente, como si nada le importara. Pero sabía que no era así. Ella también tenía mucho cuidado para no bajar la guardia cuando estaba con él.

–¿Es eso lo que quieres? –le preguntó Jack–. ¿Deseas subirte en el transbordador que te lleve de vuelta a una vida más segura y sin sobresaltos?

No pudo evitar reírse al oírlo. Se cruzó de brazos y no le importó que él pudiera interpretar ese gesto como uno de debilidad. Se dio cuenta de que aún llevaba puesto uno de sus jerséis viejos. Casi podía imaginarlo de adolescente vestido con esa prenda, pero prefería no pensar en cómo había sido Jack entonces, un joven carismático y brillante, lleno de vida. Prefería no pensar en lo que significaba para ella esa ropa. Después de todo, sabía que solo era un jersey, pero le daba la impresión de que esa prenda lo conectaba aún más a él.

–Pensé que el transbordador solo llegaba hasta Bar Harbor –repuso ella con ironía.

Jack se quedó mirándola. Estaba inmóvil, como un depredador a punto de asaltar a su presa. No pudo evitar que se le acelerara el pulso al verlo así.

–Empiezo a entenderte mejor –le dijo entonces mientras la observaba con los ojos entrecerrados–. Contestas cada pregunta con otra pregunta y nunca dejas que nadie pueda adivinar lo que de verdad piensas o sientes. Todo el mundo piensa que eres así porque estás vacía por dentro.

En ese instante, lo odió con todas sus fuerzas. Odiaba

la manera en que la miraba, como si pudiera leerle el pensamiento, como si ella fuera un libro abierto.

–Puede que tengas razón. Pero al menos hablan de mí. De ti ya no lo hacen. Es una de las desventajas de convertirse en una versión domesticada y aburrida del antiguo Jack Endicott Sutton.

Vio que algo cambiaba en la mirada de Jack, pero no duró mucho. Seguía observándola desde la puerta, dominando con su presencia toda la habitación aunque ni siquiera estuviera dentro. Una vez más, se dio cuenta de que era demasiado peligroso y que quizás estuviera cometiendo un error al jugar de esa manera con él.

–Te limitas a desviar la atención y a cambiar de tema –le dijo Jack–. Lo haces cada vez que quieres evitar hablar de lo que deseas. Te limitas a reaccionar, pero nunca vas más allá –agregó él–. ¿Por qué?

Le hablaba con tranquilidad y muy despacio. Le pareció mucho más peligroso que cuando estaba enfadado. No pudo evitar sentir una oleada de pánico recorriendo su cuerpo.

–¿Por qué no me lo dices tú? –repuso ella como si ese tema le aburriera–. ¿No me acusaste de estar aquí para engañarte y conseguir que te convirtieras en mi nuevo prometido?

–Por supuesto –le aseguró Jack con frialdad–. Whitney Media y el dinero de tu familia. ¿Cómo he podido olvidarlo?

Sus palabras enfriaron aún más el ambiente y no pudo evitar sentir cierta suspicacia. Jack parecía estar demasiado interesado en Whitney Media. No entendía por qué seguía sacando ese tema. Se preguntó si él también sería como los demás y estaría deseando hacerse con sus acciones de la empresa familiar. Lo mismo le había ocurrido con Theo. Pero lo cierto era que a ella esos temas apenas le importaban. Aun así, no pudo evitar sentir cierto dolor al oírlo.

–Si quieres que me vaya, Jack, no tienes más que decirlo. No hace falta que trates de analizar psicológicamente mis muchos defectos. Además, es demasiado trabajo, te lo aseguro –le dijo ella–. No querrás perder el tiempo con esas cosas mientras disfrutas de tus vacaciones en la isla.

Jack la miró con más intensidad aún. Le costó mantener la calma y fingir que su presencia no la afectaba de ninguna manera. Y era casi imposible conseguirlo cuando su mirada estaba consiguiendo que su cuerpo reaccionara como lo había hecho durante los últimos días.

Una vez más, se traicionó a sí misma.

–¿Y si te digo que no quiero que te vayas? –le preguntó Jack en ese momento.

Tuvo que contenerse para no suspirar aliviada al oír sus palabras. Comenzaban a nacer otros sentimientos en su interior que no quería analizar, le asustaban mucho más que el intenso deseo que sentía por Jack.

–Es difícil creer que eres el mismo hombre que me sujetó con unas esposas al cabecero de su cama –repuso ella con la voz algo temblorosa–. Esperaba oírte hablar con un poco más de desenvoltura y poder en situaciones como esta. Me sorprende que des tantos rodeos para decirme lo que de verdad deseas. ¿Quieres que me quede o que me vaya?

–Las cosas no son nunca blancas o negras, Larissa. Sobre todo cuando se trata de ti –le aseguró Jack mientras daba un paso hacia ella.

–¿Acaso crees que tu conducta es más transparente que la mía? –le preguntó ella sonriendo–. ¡Por favor, Jack! Eres tan transparente como una ciénaga.

–Quiero que hagas la maleta, te metas en mi coche y vuelvas a mi casa y a mi cama –le aseguró entonces Jack con firmeza.

Sus palabras hicieron que se estremeciera y vio que volvía la misma pasión de esos días a su mirada. Se acercó más a ella y sintió que se quedaba sin aliento.

No fue consciente hasta ese instante de cuánto le había importado saber lo que Jack deseaba.

–¿Han sido mis palabras lo suficientemente claras? –agregó él con una pícara sonrisa.

Larissa recordó la conversación que había tenido con Jack cuando la llevó a la posada para que recogiera sus cosas. No sabía si sus palabras habían sido transparentes entonces, pero sí muy efectivas.

Tumbada en uno de los cómodos sofás del salón y tapada con una manta, se dio cuenta de que había perdido la noción del tiempo. Le pasaba cuando estaba con él y cada vez se veía más perdida.

Ya llevaba muchos días en Scatteree Pines y en ningún momento se había parado a pensar en las consecuencias que podía tener aquello ni en lo que significaba. Temía que ese cambio de rumbo echara a perder todo lo que había conseguido en los últimos meses. Esperaba que no fuera demasiado tarde para evitarlo.

La relación que tenía con Jack era la más intensa que había tenido nunca. Con él había descubierto cosas sobre su deseo y su cuerpo de las que no había sido consciente hasta entonces. Pero también había despertado ciertos sentimientos que iban más allá del sexo. Entre ellos, una esperanza que le asustaba más que ninguna otra cosa.

Aunque Jack estaba en el pasillo, podía oírlo desde el sofá del salón. No entendía sus palabras, pero su tono era frío y educado. Supuso que estaría hablando con su abuelo, un hombre estricto que no parecía estar nunca satisfecho con los logros de su nieto. No le costó nada reconocer su tono porque era el que solía usar ella cuando hablaba con su propio padre. Aunque ella normalmente no era tan educada.

Frunció el ceño al pensar en Bradford. Siempre le ponía de mal humor acordarse de su padre. Aunque estaba muy lejos de allí, podía sentir lo decepcionado que estaba con ella. Era una presencia negativa que siempre parecía acompañarla. Durante las dos últimas semanas, su padre le había dejado varios mensajes en el teléfono móvil, pero no había podido reunir las fuerzas necesarias para escucharlos.

Además, creía que no tenía sentido hacerlo. Sabía perfectamente lo que pensaba de ella y no necesitaba escucharlo una vez más. Para Bradford Whitney, su hija reunía tal letanía de defectos que no podía escuchar sus críticas sin sentirse pequeña y desolada.

Ya había pasado demasiado tiempo pensando en las personas a las que había hecho mucho daño con el tipo de vida que había llevado hasta entonces. Durante los últimos días, se había dado cuenta de que ya no necesitaba pensar en ese tipo de cosas. Era como si, al lado de Jack, pudiera por fin permitirse el lujo de ser ella misma. Lo último que quería era echar a perder esa sensación hablando con su padre.

Jack entró en el salón y ella prefirió no preguntarle nada. La miró sin que ella pudiera adivinar qué estaría pensando, pero no se sentó a su lado en el sofá.

Vio que iba directo a la chimenea. Tomó el atizador y comenzó a mover los leños que ardían en su interior con más fuerza de la necesaria. Sin saber por qué, le entraron ganas de acercarse a él por detrás para abrazarlo. Quería apoyar la cara en su fuerte espalda y tratar de consolarlo.

Le parecía absurdo pensar algo así. No se veía a sí misma como una persona capaz de consolar a otra. Y mucho menos si se trataba de Jack Sutton.

Tampoco pensaba que él fuera a permitírselo.

Se dio cuenta de que era peligroso para ella seguir en esa casa. Empezaba a imaginar cosas que no tenían ningún sentido. Estaba convencida de que aquello tenía un fin y estaba muy cerca. Solo podía terminar de una manera, muy mal. Aun así, no se movió de su sitio. No podía hacerlo. Necesitaba un poco más de tiempo.

Esos días había descubierto lo que se sentía teniendo sueños y esperanzas y no soportaba la idea de irse y enterrar para siempre esas sensaciones. Al lado de Jack había podido atisbar el tipo de vida con el que no se había atrevido siquiera a soñar.

Se dio cuenta de hasta qué punto había complicado su vida. Era algo que ya había adivinado cuando lo vio aparecer en el restaurante de la posada y que confirmó después cuando se besaron después de tanto tiempo.

Se quedó con la mirada perdida en su fuerte espalda. No se cansaba nunca de hacerlo. Tenía un cuerpo perfecto y se movía con elegancia. Llevaba sus vaqueros desgastados como si estuviera acostumbrado a hacerlo, cuando en Nueva York siempre llevaba trajes a medida. Se dio cuenta de que parecía formar parte de esa isla, como la mansión y los pinos que la rodeaban. Tenía un cuerpo esbelto, musculoso y tentador.

No sabía qué intenciones tenía Jack y qué pensaba de lo que estaba ocurriendo esos días en la isla. Tenía miedo de preguntárselo, no quería saber la respuesta. Deseaba más que nada poder permanecer allí para siempre y olvidarse de todo lo demás.

—Espero que saludaras a tu abuelo de mi parte —le dijo ella mientras bajaba la mirada y fingía estar leyendo la revista que tenía sus manos—. Hace mucho tiempo que no lo veo.

Al ver que no contestaba, levantó la cara y vio que Jack la miraba con el ceño fruncido.

—¿Es ese acaso tu objetivo, Larissa? —le preguntó con dureza y frialdad—. ¿Es que has venido a la isla para tratar de llegar hasta mi abuelo? No sé como no me lo he imaginado antes.

Sus palabras le dolieron como si la hubiera abofeteado. Afortunadamente, llevaba muchos años escondiendo sus emociones y no le costó hacerlo en esos momentos. Sintió que estaba pagando el precio de haberse relajado demasiado al lado de ese hombre. Había llegado a olvidar todas las cosas que Jack le había echado en cara, pero se dio cuenta en ese instante de que él no lo había olvidado. Seguía desconfiando y creyendo que estaba allí para manipularlo de alguna manera.

–Tengo que casarme –le dijo Jack entonces–. Y tiene que ser pronto. Mi abuelo ha elegido a unas cuantas candidatas de su gusto y espera que elija una de ellas para casarme y poder perpetuar así el apellido de la familia. Tú no estás entre las elegidas, así que supongo que tendrás que conformarte con mi abuelo, ¿no?

Sintió un gran dolor en su corazón en esos momentos, como si de verdad se le estuviera rompiendo en mil pedazos. No podía moverse ni respirar.

Jack la había acusado de ser una mujerzuela, pero después se había acostado con ella y lo había hecho muchas veces durante los últimos días. Se dio cuenta entonces de que le había dado la razón con sus actos y que no tenía derecho a sorprenderse al ver que volvía a tratarla con desprecio. De hecho, ella había hecho lo necesario para perpetuar la mala imagen que tenía de ella. Había estado tan ensimismada con la pasión que habían compartido y con los sentimientos que había despertado en su corazón que no había pensando en nada más.

Se le hizo un nudo en el estomago. Era una sensación tan real que creyó que estaba enferma y que estaba a punto de vomitar. Pero consiguió tranquilizarse y no dejar tampoco que cayeran por sus mejillas las lágrimas que sentía en sus ojos.

Pensó que, si así era el dolor que provocaban los sentimientos que empezaba a tener, habría preferido seguir como había hecho hasta entonces, viviendo sin dejar que nada le afectara, completamente insensibilizada.

Respiró profundamente y lo miró a los ojos. Estaba furiosa con él, pero no le iba a dar la satisfacción de que la viera así. Se dejó caer sobre los almohadones como si nada le importara. Jack pensaba de ella lo que ella misma había querido transmitirle a él y al resto del mundo.

Se había esforzado mucho para crear el mito de Larissa Whitney, incluso ella misma había formado parte de esa mentira.

Le había hecho creer a todo el mundo que había disfrutado mucho de ese tipo de vida llena de lujos y excesos, que era ambiciosa, superficial y perezosa, que no tenía más objetivos en la vida que divertirse. Creía que se había buscado esa situación y tenía que aceptarlo.

Se dio cuenta de que en realidad no estaba enfadada con Jack, sino con ella misma.

–¿Está soltero tu abuelo? –le preguntó ella entonces.

Fingió estar interesada en la idea, aunque en realidad aún le estremecía que Jack hubiera podido pensar algo así. Charles Talbot Endicott debía de tener unos ochenta y cinco años. Le parecía increíble que Jack pudiera tener tan mal concepto de ella para verla capaz de hacer algo así.

–Siempre me gustaron los hombres mayores y, en el caso de tu abuelo, no tendría que preocuparme que estuviera conmigo por mi dinero, ¿verdad? –agregó ella con una sonrisa–. Creo que haríamos muy buena pareja, ¿no te parece?

Jack la miró como si sintiera un gran desprecio por ella. Le dolía, pero mientras la mirara así, ella podría mantener la cordura. Era esa otra parte de él, la que le hacía soñar con la posibilidad de tener una vida normal, la que más miedo le daba.

«Me desea y le encanta acostarse conmigo, pero no le gusto», pensó ella entonces. «No le gusto a nadie y nunca debería haberlo olvidado».

–Siento decirte que mi abuelo no se acercaría nunca a una mujer como tú –le dijo Jack con frialdad.

–Cuando hablas de «mujeres como yo», supongo que te refieres a mujeres bellas y encantadoras –repuso ella de buen humor para que no pudiera ver cuánto le dolían sus palabras–. Además, no estés tan seguro. Tengo mucho éxito con los hombres.

Jack sacudió la cabeza como si no pudiera creer hasta qué punto ella lo estaba decepcionando. Se sintió satisfecha al ver que seguía siendo capaz de ofrecerle al mundo la imagen de Larissa Whitney que todos esperaban ver.

Pensó que quizás estuviera destinada a hacer siempre ese papel y que, por mucho que intentara cambiar o lo consiguiera, nadie vería más allá de lo que salía en las revistas.

Pero cada vez le costaba más soportar que Jack la mirara de ese modo y deseó poder desaparecer.

—Mi abuelo me ha dicho que quiere celebrar la cena de Acción de Gracias de este año en familia. Aunque te parezca normal, no lo es, y me parece muy sospechoso que quiera hacerlo así este año. No celebramos juntos las fiestas desde que enfermó mi madre —le explicó Jack.

—¿Acaso esperan que la prensa aproveche la ocasión para ilustrar la unión que hay en tu familia? —repuso ella—. Es así como nos gusta celebrar las fiestas en la mía. Acostumbramos a fingir esa unión para las cámaras.

—No, mi abuelo prefiere que esos asuntos se mantengan en la intimidad familiar —murmuró Jack—. No quiere que sus muchas quejas sean de dominio público, eso perjudicaría el buen nombre de los Endicott.

—Pero estoy segura de que no tiene ninguna queja sobre ti —le dijo ella—. Después de todo, te has convertido en un hombre virtuoso y decente, casi un santo. Haces obras de caridad y cuidas la imagen de tu familia. ¿Qué puede tener contra ti?

Jack fue hasta la mesa donde tenían las bebidas y se sirvió una copa. Después, fue a sentarse en el otro sofá, frente a ella. Vio que le brillaban los ojos y se estremeció al verlo así.

Quería acercarse a él y abrazarlo, pero sabía que era mejor no hacerlo. Jack aceptaría ese gesto pensando que quería acostarse con él, le resultaría impensable creer que ella solo quería consolarlo. Después de todo, sabía que para Jack no era más que una mujerzuela. Una con la que podía hablar, después de todo habían tenido vidas similares, pero que nunca podría llegar a tomar en serio. No tenía nada que ver con las mujeres que su abuelo había elegido para Jack. Le producía un gran dolor pensar en ello y no sabía por qué. Sentía ganas de llorar, pero no lo hizo. Levantó con orgullo la cara y lo miró, como si estuviera esperando la siguiente bofetada.

Jack tomó un buen trago de su bebida y se quedó mirando el vaso antes de contestar.

–Mi abuelo detestó a mi padre desde que lo vio por primera vez –le dijo entonces Jack–. Le pidió a mi madre que no se casara con él, pero ella era joven y estaba muy enamorada. Por lo que he oído, a mi padre se le daba bien fingir.

–¿A qué te refieres? –preguntó ella.

Le alivió ver que Jack parecía dispuesto a hablar de otro tema durante al menos un tiempo. Era una tregua que necesitaba para poder tranquilizarse.

–Mi padre les hizo creer que había algo más que una encantadora fachada. Era un hombre atractivo y educado. Mi madre siempre decía que parecía iluminar con su presencia cualquier habitación cuando entraba en ella. Y no se dio cuenta hasta mucho después de que en realidad no tenía personalidad, solo un gran ego y mucha ambición. De no haber sido un Sutton, todos lo habrían conocido por lo que de verdad es, un estafador.

Larissa no dijo nada, se limitó a seguir mirándolo.

–Mi abuelo me ve como el fruto de un árbol envenenado desde el momento de mi nacimiento –le dijo Jack con una sonrisa amarga–. Y la verdad es que malgasté los treinta primeros años de mi vida dándole la razón. Supongo que mi padre estaría orgulloso de mí. Era más inútil incluso que él, más degenerado y vanidoso.

–¿Por qué estas contándome todo esto? –le preguntó ella.

Jack la miró a los ojos. Había hielo en ellos.

–Porque quiero que tengas muy claro qué es lo que está pasando aquí –repuso Jack con crueldad–. Mi madre fue la única persona que de verdad creyó en mí aunque no tenía ninguna razón para hacerlo, pero murió antes de que pudiera demostrarle que había estado en lo cierto. Mi abuelo nunca me lo ha perdonado –agregó entonces–. Me echa en cara ser hijo de ese padre que detesta y haberle defraudado durante tanto tiempo y a la vista de todos. Solo podría redimirme ante sus ojos casándome con la mujer adecuada, alguien de buena familia y conducta intachable.

Le sobrecogió la seguridad con la que se lo dijo, como si estuviera de acuerdo con su abuelo.

–No sé qué esperas que diga –susurró ella.

–Tú representas todo lo que detesta mi abuelo, Larissa –le aseguró Jack mientras la miraba con gesto triunfante–. Has manchado el apellido de tu familia y todos te conocen por tu pésima conducta. La gente habla de ti, pero siempre mal. Eres una pesadilla para mi abuelo.

No era la primera vez que oía esas palabras y no entendió por qué esa vez parecían estar provocándole más dolor.

–Soy una carga inútil para el legado de los Whitney, lo peor que le podía haber pasado a mi familia. Soy ingrata y todo un suplicio para mi pobre padre –agregó ella–. Me expongo demasiado, salgo demasiado, me gasto demasiado… Soy inmoral, estúpida, fácil. Es casi como si me conocieras de verdad –añadió con sarcasmo.

–Es que antes era como tú –le dijo Jack–. ¿No lo entiendes? No puedes hacer nada que vaya a escandalizarme porque ya lo he hecho yo antes.

–Creo que no termino de entender lo que quieres decirme, Jack. Eres demasiado sutil –le dijo con ironía–. ¿Acaso me estás diciendo que no vas a pedirme que me case contigo? ¿Que soy demasiado despreciable? No puedo creerlo, yo que ya estaba preparando el ajuar…

Cada vez le costaba más mantener esa actitud impasible. Estaba deseando estar sola y desahogarse. Tenía ganas de llorar, pero prefería morir antes de darle la satisfacción de que la viera rota de dolor.

–Tampoco vas a conseguir engañarme –continuó Jack–. No sé qué es lo que te traes entre manos, pero te aseguro que no vas a conseguirlo. Te conozco demasiado bien como para creer una palabra de las que salen de tu boca y mi abuelo nunca permitirá que ensucies el apellido de la familia. Nunca. Estás perdiendo el tiempo. Y eso no me preocuparía si no estuvieras también perdiendo el mío.

–No sé qué decir –repuso ella pocos segundos después.

Intentaba ser fuerte, pero cada vez le costaba más aguantar sus duras palabras. Trató de recordar que había estado en situaciones peores y había sobrevivido. Después de todo, solo era un poco más de dolor. Lamentó entonces haberse dejado llevar por algo que deseaba tanto. Era algo que nunca le había salido bien.

–Lo que he dicho es simplemente la verdad –insistió Jack–. Lo que no entiendo es por qué te empeñas en seguir viviendo de esta manera. Aunque te empeñas en esconderlo, sé que eres inteligente.

Pero Larissa sabía que había muchas verdades y ninguna era simple. No sabía si sentía en esos momentos más ira o vergüenza. Deseaba gritar, agarrarlo por los hombros y sacudirlo. Quería que la viera como ella empezaba a verse a sí misma, pero sabía que Jack no estaba preparado para ver esa verdad. Además, pensaba que así era mejor, por mucho que le doliera. Habría sido peor mostrarle la verdadera Larissa y que él la rechazara. De ese modo podía al menos mantener escondida su esencia. Creía que era todo lo que tenía, que no le quedaba nada más.

—Bueno, has descubierto todos mis planes —le dijo ella entonces—. ¿Qué voy a hacer ahora?

—¿Acaso crees que todo esto es una broma, Larissa? —insistió él con más firmeza aún—. No deberías estar aquí. No debería haber permitido que ocurriera esto. Ha sido sino una consecuencia de mi debilidad. Sé lo que eres y, aun así, te he traído a mi casa.

—Soy una vergüenza —le dijo ella mirándolo a los ojos—. Un ejemplo para que se fijen en mí las jóvenes herederas y vean lo que no hay que hacer. Soy lo peor, ¿verdad? Otros reflejan en mí lo que en realidad son sus defectos. Y, cuando me ven, se sienten mejor. Cuando otros tocan fondo en sus vidas, les consuela ver que yo estoy aún más abajo.

—¡Ya basta! —gruñó Jack como si sus palabras también le hicieran daño a él—. Solo estás consiguiendo empeorar las cosas.

—Lo que he dicho es simplemente la verdad —repuso ella repitiendo sus palabras—. Y puedo decirte algunas verdades más. Te odias ahora mismo por desearme. Odias que haya tanta química entre nosotros y lo pasemos tan bien juntos. Llevas años odiándome porque he hecho que veas cosas de ti que no querías ver.

Jack no pudo ocultar lo que estaba sintiendo, sus palabras le habían afectado. No sabía si estaba empeorando las cosas o si podría solucionarlo. Lo único que tenía claro era que seguía deseándola y lo hacía con la misma fuerza y pasión de siempre. Sabía que no le convenía y que acabaría por destruirlo, pero Jack tampoco parecía capaz de evitarlo.

—¿Qué quieres decir con eso? —le preguntó Jack entonces.

Pensó durante un segundo que quizás él también estuviera sufriendo con todo aquello, pero no tardó en darse cuenta de que no podía ser verdad y que era una tonta al pensar que aquello podía ser algo más.

—Fuiste tú el que me pediste que viniera —le recordó

ella entonces mientras se ponía en pie–. Puedo irme si es lo que quieres. Lo último que deseo es quedarme aquí sentada y ver cómo te compadeces de ti mismo.

Jack también se puso en pie y vio de repente que estaban muy cerca. No sabía si darle una bofetada o besarlo. Creía que las dos opciones la alejarían aún más de él.

Y, para complicar aún más las cosas y a pesar de la baja opinión que Jack tenían de ella, se quedó sin aliento al pensar en la posibilidad de volver a besarlo. Sintió que volvía a despertarse el deseo en su interior y que todo su cuerpo se preparaba para que Jack la hiciera suya una vez más.

No era la primera vez que se traicionaba a sí misma.

Jack la miraba como si fuera una tortura hacerlo. Alargó hacia ella la mano y acarició la mejilla con su pulgar. Fue un gesto tan tierno que le costó soportarlo en esos momentos.

–¡Maldita seas, Larissa! –exclamó Jack con la voz cargada de deseo–. Es que no quiero que te vayas.

Capítulo 8

JACK tenía la sensación de que estaba perdiendo la cabeza y que no necesitaba tener otra complicada conversación con su abuelo para que este se lo dejara claro. Estaba tumbado frente a la chimenea con el delicioso cuerpo de Larissa sobre él. Y aún estaba dentro de ella.

Lamentó no haberle dicho que se fuera cuando tuvo la oportunidad. Se le había pasado por la cabeza hacerlo, pero habían acabado desnudos y en el suelo, haciendo el amor frente al fuego con más pasión aún que otras veces.

Larissa tenía apoyada la cabeza en su torso y se distrajo escuchando cómo iba poco a poco recuperando la respiración.

No entendía por qué, pero pocas veces había sentido tanta paz como en esos instantes.

Le acarició la espalda, tratando de trazar con los dedos la cadena de huesos de su columna, deleitándose en la suavidad de su piel y en la deliciosa curva de su trasero un poco más abajo.

Aunque acababa de tenerla, la deseaba de nuevo. Nunca se cansaba de ella. A su lado, se sentía como un adolescente revolucionado por las hormonas y enamorado por primera vez. Larissa le atraía como no le había atraído ninguna mujer y no solo físicamente. Aunque sabía que no le convenía, no podía alejarse de ella.

Creía que era adictiva y que tenía el mismo poder destructivo de otras drogas. No podía creer que se hubiera vuelto a dejar llevar por esa mujer y que no tuviera la fuerza de voluntad necesaria para dejarla.

Larissa se movió entonces y gimió. Le estaba haciendo sentir cosas que prefería no analizar. Ella levantó la cabeza y se miraron a los ojos. No se cansaba de estudiar los de Larissa, eran de un verde poco común y en ese momento brillaban como nunca. A pesar de todo lo que sabía de ella, seguía siendo una mujer bellísima. Sabía que era letal, pero se dejaba llevar sin pensar en las consecuencias.

Vio que se mordía el labio inferior un segundo. Después, se incorporó y se cubrió con una de las mantas del sofá.

Se quedó mirándola. Tenía un aspecto casi mágico con la única luz de las llamas iluminando su rostro. Le habría encantado ser capaz de descubrir su interior con solo mirarla. No entendía cómo podían haber llegado tan lejos cuando la primera noche se había limitado a invitarla a cenar para dejarle muy claro que sabía lo que se traía entre manos y que no iba a poder engañarlo. Cada vez le costaba más recordar que esa mujer no le convenía. Solo tenían ojos para su exquisita belleza.

Se negaba a admitir la influencia que Larissa tenía sobre él, pero no podía dejar de mirarla. Su elegante cuello, sus delicados pómulos, la perfección de sus labios. Llevaba años deseándola, desde que la saboreara por primera vez no había conseguido olvidarla por completo. Lo que más le preocupaba en esos momentos era la posibilidad de que nunca pudiera llegar a olvidarla.

–Deja de mirarme así –le susurró Larissa entonces con la vista pérdida en las llamas–. ¿Es que estás esperando a que me transforme en el monstruo que crees que soy? ¿O acaso me ves siempre como un monstruo, haga lo que haga?

Sintió algo en su interior en ese instante, algo que lo dejó sin aliento y no sabía cómo reaccionar. Era como si esa mujer tuviera la capacidad de bloquearlo con su presencia. Se sentía perdido, distinto y vulnerable. Solo tenía ojos para ella, su rostro y cada una de sus curvas.

Larissa era una droga que podría acabar con él si se lo permitía. Había llegado el momento de aceptarlo.

–No eres ningún monstruo –le dijo él entonces mientras se sentaba.

Vio que Larissa se había sonrojado y supuso que sería por el calor del fuego.

–¿Qué soy, entonces? –le preguntó ella en voz baja.

Había cierto anhelo en sus palabras, como si le importara mucho la respuesta. Pero recordó entonces que era una mujer calculadora y que solo estaba actuando. Sabía que no debía olvidarlo nunca, por mucho que le costara a veces.

–Dímelo tú –le pidió Jack–. ¿No me dijiste el primer día que estabas aquí con la misión de reinventarte?

Larissa frunció el ceño al oírlo, después sonrió.

–Es verdad, eso es lo que dije.

–Entonces, háblame de ello. Quiero conocer todos los detalles sobre tu metamorfosis secreta.

No habría sabido explicar por qué, pero sentía la imperiosa necesidad de saber la verdad y esperaba que ella se la dijera. Sabía que no tenía sentido pretender ir más allá de lo meramente físico, que era mejor no mezclar los sentimientos, pero no pudo evitarlo.

Larissa volvió a quedarse con la mirada perdida en el fuego y vio que seguía sonriendo. Odiaba esa sonrisa. Quería ver la sonrisa de verdad, sabía que estaba allí, en alguna parte, enterrada bajo la falsa fachada que mantenía para todos los demás. Se le daba muy bien actuar y mentir. Había llegado a ver una vez esa sonrisa y quería volver a disfrutar de ella.

Se dio cuenta de que ese era el problema, quería demasiadas cosas. Siempre había sido así con ella. Y no entendía por qué se empeñaba en pretender que aquello podía ser algo más de lo que era.

–No estuve en una clínica de desintoxicación, sino en coma –le dijo ella.

Se quedó atónito al oírlo.

Vio que el cuerpo de Larissa estaba en tensión y que respiraba profundamente para tratar de calmarse. Le enterneció ese gesto, aunque no habría podido explicar por qué. No sabía si podía creerla o no, prefería no pensar en ello.

–Cuando por fin desperté, solo quería volver a la normalidad y fingir que nada había pasado. Estaba muy asustada. Me daba miedo que todo hubiera cambiado, que yo hubiera cambiado y no sabía cómo enfrentarme a ello. Lo peor de todo era que la gente supiera lo que me había pasado y se dieran cuenta de mi fragilidad. Me quedé inconsciente en público y eso fue lo peor.

Le sorprendió la intensidad con la que hablaba sin dejar de mirar el fuego. Lo observaba como si todos sus fantasmas estuvieran en esas llamas, todas las cosas que le habían hecho daño y él no pudo evitar preguntarse cómo serían esos fantasmas que llenaban sus pesadillas.

También deseaba saber si era verdad lo que le estaba contando. No sabía por qué, pero le importaba saberlo. Era la única mujer a la que había sentido la necesidad de proteger y creía que era la que menos protección necesitaba. Todo lo que se refería a Larissa le parecía una locura sin sentido.

–Larissa… –comenzó él sin saber qué iba a decirle.

–No me dolió que me dejara Theo –le dijo ella entonces–. ¿Qué dice eso de mí? A una persona de verdad, a una buena, le dolería saber que su prometido nunca había llegado a amarla, ¿no? Pero supongo que una persona de verdad no se habría comprometido con un hombre al que no amaba –agregó completamente perdida en sus pensamientos–. De un modo u otro, el caso es que me dejó.

–No tienes que contármelo si no quieres –le dijo él.

De hecho, habría preferido no saberlo. Era más fácil estar con ella cuando estaba representando su papel habitual, sonriendo y coqueteando con todos como la gente esperaba de ella. La Larissa que tenía delante en esos momento se parecía mucho más a la realidad que él habría preferido. Pero, aunque lo había deseado, no sabía cómo reaccionar al ver que de verdad estaba pasando y existía.

–Cuando salí del coma, todo seguía igual, normal. Era lo que quería, pero no tardé en darme cuenta de que yo sí había cambiado –le dijo ella suspirando–. No quedaba nada de la mujer que había sido antes. Debería haber muerto, pero sobreviví.

Se quedó callada y lo miró entonces a los ojos.

–¿Por qué? –le preguntó ella.

Contuvo el aliento al oírlo. Fue como si acabara de darle un puñetazo en el estómago.

Se quedaron unos segundos en silencio. No podía dejar de mirarla.

–¿Me lo estás preguntando a mí? –repuso él–. ¿O es una pregunta retórica?

Larissa sonrió. Y, aunque no era la sonrisa falsa que tanto odiaba, era una tan triste que le rompió el corazón.

–No tenía a quién preguntarle –le dijo entonces–. No podía hablar con mi padre que, como me has recordado, lleva años odiándome. Ni a mi madre, que lleva medicada y drogada desde que yo tenía nueve o diez años. Tampoco a mis amigos, ya sabes cómo son. A ellos es a los que menos les importa lo que pueda pasarme. Se estuvieron riendo al recordar lo que llaman «mi noche más salvaje». Lo único que querían era seguir yendo de fiesta en fiesta y olvidar lo que había pasado.

Jack conocía muy bien a sus amigos. Sabía cómo eran, sus obsesiones, sus adicciones y sus juegos. Muchos de ellos también habían sido amigos de él. Lo que le estaba contando Larissa no le sorprendía y tampoco le extrañó que su familia hubiera ocultado la verdadera naturaleza de su condición. Era así como funcionaban las familias de su círculo social.

No podía dejar de mirarla y se le encogía el corazón verla tan vulnerable. Le entraron ganas de protegerla y tratar de rescatarla.

Pero sabía que no tenía sentido hacerlo y que era ella la culpable de estar en esa situación. Recordó entonces que Larissa Whitney no era su responsabilidad.

–Son imbéciles –susurró él entonces–. Siempre lo han sido.

–Tardé tres semanas en darme cuenta de que a nadie le importaba el hecho de que había estado a punto de morir –le dijo ella en voz baja.

Le entraron ganas de abrazarla, pero no sabía cómo hacerlo y algo le decía que Larissa no iba a permitírselo.

–Y una semana más en entender que, si me quedaba allí, tampoco me importaría a mí lo que había pasado. Me pareció que no tenía sentido seguir sin cambiar nada, que habría sido mejor morir después de todo –añadió Larissa sin dejar de mirarlo–. La gente me mira y ve lo que espera ver. Nada más, nada menos. Así que decidí que lo mejor que podía hacer era evitar que me vieran, esconderme.

–¿Por eso cambiaste tu imagen? –preguntó él mientras señalaba su pelo.

Larissa se pasó las manos por el cabello. Recordó la versión anterior, con su largo y maravilloso pelo rubio. Era tan famoso como ella, todo el mundo estaba obsesionado con su melena. Las jóvenes trataban de copiar su imagen, el rasgo más distintivo de su apariencia. No le extrañaba nada que Larissa hubiera decidido deshacerse de su melena antes que de ninguna otra cosa. No pudo evitar sentirse más cerca de ella.

–Decidí que quería descubrir quién era cuando no era Larissa Whitney –le dijo ella–. Cuando no estaba en Manhattan, cuando no me comportaba como la oveja negra y la vergüenza de mi familia, cuando era yo, solo yo, nada más.

Deseaba creerla más que nada en el mundo. Y, en

parte, la creía. Sabía que era una mentirosa, estaba convencido de ello. Se le daba tan bien engañar a la gente como a su padre.

Su progenitor acababa de casarse con su quinta esposa, que era diez años más joven que Jack.

Llevaba mucho tiempo sin creer lo que le contaba su padre y con Larissa le pasaba lo mismo.

–¿Y has sacado algo en claro de tu experimento? –le preguntó él–. ¿Ha funcionado?

–Me estaba yendo bien hasta que apareciste tú –repuso Larissa.

No pudo evitar echarse a reír.

–¡Tonterías!

Vio que Larissa palidecía y todo su cuerpo parecía estar en tensión de repente, pero decidió ignorarlo.

–Puedes jugar a ser otra persona si eso es lo que quieres, cortarte el pelo y teñirlo de todos los colores del arcoíris, pero eso no cambia nada.

–Claro que no –repuso ella con dureza–. Porque soy un monstruo, ¿verdad?

–No, porque eres Larissa Whitney –replicó él–. Tu padre parece un tipo muy desagradable. El mío también lo es. ¿Qué importa eso? Hay cosas más importantes en juego que las pésimas relaciones que puedas tener con tu familia. ¡Por el amor de Dios, Larissa! Te quejas de que la gente te trate como si fueras un monstruo…

–Yo nunca me he quejado –repuso ella.

Vio que parecía importarle mucho que Jack lo entendiera.

–No directamente, pero actúas como una niña malcriada y sufres una pataleta de seis meses cuando ves al despertarte del coma que no te gusta la situación en la que estás. Una situación que has creado tú misma.

–Eso nunca lo he negado –le dijo Larissa–. No te estoy contando esto para que te apiades de mí, Jack. Sé quién soy y lo que he hecho. Lo sé mejor que nadie.

–Ya imagino que eso es lo que te dices a ti misma

–repuso él mientras se pasaba las manos por el pelo para no tener la tentación de acariciar su cuerpo–. Puede incluso que te lo creas.

–Siento decepcionarte –murmuró Larissa encogiéndose de hombros–. Pero parece que no me conoces tan bien como piensas.

Fingía que nada le importaba, pero empezaba a entender que no era así.

–Sé que podrías hacer muchas cosas por mejorar este mundo si te lo propusieras. Son cosas que solo están al alcance de los que hemos nacido con los mismos privilegios que nosotros –le dijo él–. Tienes a tu disposición una enorme cantidad de dinero con la que podrías tener el mismo poder, lo único que tienes que hacer es dejar de esconderte.

No dejaba de mirarla como si así pudiera llegar a ver lo que había debajo de su máscara, tenía la extraña necesidad de ayudarla a cambiar. Aunque sabía que nadie podía cambiar de vida solo porque otra persona así lo quisiera, dependía de uno mismo.

Y sabía que a nadie le costaría tanto cambiar como a Larissa Whitney, una mujer egoísta y engreída.

–No sabes de qué estás hablando –protestó Larissa.

–Nadie lo sabe mejor que yo –repuso él–. ¿Has olvidado con quién estás hablando? Whitney Media te corresponde por nacimiento. Esa empresa es tuya. Si tratas de eludir tus responsabilidades y lo que te corresponde porque tienes problemas con tu familia, no estás actuando con valentía, estás siendo una cobarde.

–¿No me digas que tú también quieres mis acciones? Tengo que decirte que no eres el primero –le dijo ella con una sonrisa amarga.

–Nada me importa menos que esa empresa, Larissa –le dijo él sorprendiéndose de lo cruel que podía llegar a ser con ella–. Bueno, hay algo que me importa menos aún, tú.

No entendía cómo podía ser así con ella. Era como

si disfrutara haciéndole daño cuando, al mismo tiempo, sentía la necesidad de protegerla.

Larissa se quedó mirándolo en silencio y no pudo descifrar lo que vio en sus ojos. Cuando habló, lo hizo con cuidado para que su voz no reflejara lo que sentía. Por primera vez, pensó en cuánto le costaría tener que estar siempre fingiendo. Le parecía una tarea inconmensurable.

–Tiene gracia –le dijo ella entonces–. Justo cuando pensaba que no puedes decir nada peor sobre mí, que la opinión que tienes de Larissa Whitney no puede ser más baja, me sorprendes con una crítica más dura aún.

–No estoy intentando insultarte –le aseguró él.

La verdad era que no entendía qué estaba tratando de hacer. No podía dejar de mirar esos bellos ojos, su rostro de sirena y soñar con cosas que nunca iba a poder tener. Cosas que ni siquiera podía admitir. Creía que estaba demostrando muy poca inteligencia deseando cosas que no le convenían.

–Te limitas a huir, Larissa. No te has enfrentado nunca a nada. Prefieres dejarte llevar por cualquier cosa que te haga olvidar la realidad, las cosas que no te gustan, las que no puedes controlar. ¿Quieres saber de verdad quién eres, Larissa? Pues fíjate en lo que haces.

Cuando terminó de hablar, vio que ella bajaba la cabeza. Tenía los labios apretados y le brillaban los ojos, pero vio que no estaba llorando.

–Gracias.

No pudo evitar sentir cierta satisfacción al notar que a Larissa le temblaba la voz, le gustó ver que había conseguido atravesar su muralla y que, después de todo, no estaba vacía.

–Estoy segura de que me has dicho todo esto porque quieres ayudarme. ¿O será acaso porque tú eres una de las cosas de las que he huido?

Aunque estuviera herida, seguía siendo peligrosa. Tenía que admitirlo y no pudo evitar admirar sus agallas. Fue entonces cuando se dio cuenta de que debía de ser una mujer muy fuerte, más fuerte de lo que había pensado. De otro modo, no habría podido aguantar tanto tiempo fingiendo ser lo que no era.

–Sí –le dijo él entonces para poner las cartas sobre la mesa–. Es verdad, me dejaste después de pasar ese fin de semana juntos hace cinco años. Mi madre acababa de morir y yo fui lo bastante estúpido como para creer que lo que había ocurrido entre los dos significaba algo –agregó con una fría sonrisa–. Pero no te preocupes, Larissa. Hace mucho tiempo que dejé de creer en ti.

Larissa pasó esa noche en vela, pensando en la conversación que habían tenido. No tardó en darse cuenta de que había sido un error quedarse a dormir con él después de lo que le había dicho.

Jack dormía a su lado, pero ella no conseguía conciliar el sueño. Tenía la vista perdida en el oscuro océano que se veía por los ventanales del dormitorio. No podía creer que hubiera perdido tanto el control cuando llevaba algunas semanas tratando de retomar las riendas de su vida. Tampoco comprendía que, después de oír todo lo que Jack pensaba de ella, hubiera decidido quedarse. Lo más triste era que ni siquiera había intentado marcharse.

Era como si ella tampoco creyera en sí misma.

Se había limitado a canalizar toda esa furia, dolor y frustración en la única cosa que parecían tener en común, su pasión. La simple verdad de una piel contra la otra, sus bocas unidas, sus cuerpos moviéndose a la par… Sentía que eso era lo único que tenían, pero sabía que no era nada más. Solo sexo.

Él descansaba plácidamente. Ella, en cambio, tenía un nudo en el estómago y no conseguía tranquilizarse. Desde que Jack reapareciera en su vida unos días antes, había tratado de evitar la verdad y se había escondido en la poderosa sensualidad de su conexión y en la pasión de sus caricias. Pero no podía seguir escondiéndose. Esa noche, sentía que algo había cambiado dentro de ella y no podía seguir fingiendo. No se veía capaz de seguir viviendo anestesiada, como si nada le importara. No podía mentirse a sí misma.

Jack la odiaba.

Suspiró entonces mientras una oleada de angustia la golpeaba. Se tumbó de lado en la cama. Se había dado cuenta de que esa era la verdad. Jack la odiaba, llevaba años haciéndolo. Sabía que le gustaba la química que parecía haber entre ellos y que no conseguía dejar de desearla, pero solo era algo físico, nunca podría ser nada más.

Lo peor de todo no era darse cuenta de que él la odiaba, sino aceptar por fin que sus propios sentimientos eran muy distintos. Lo que sentía por Jack Sutton no tenía sentido ni razón de ser. Era demasiado grande, demasiado caótico. Le dolía. Llevaba toda su vida evitando sentir algo así, quizás porque ella había imaginado que le haría sufrir. Había dejado de visitar la Provenza porque era doloroso irse al final del verano. Entonces, no había sabido interpretar el dolor que sentía en su corazón. Empezaba a darse cuenta de lo que implicaba ese sentimiento y una parte de ella creía que habría estado mejor sin llegar nunca a experimentarlo.

Deseaba a Jack como no había deseado nunca a nadie, de un modo que nunca habría creído posible.

Jack le producía ese dolor. No quería perderse en el placer de su conexión física. Lo que de verdad quería era que él llegara a conocerla y la viera tal y como era. Quería que Jack entendiera todas las cosas que nunca se había atrevido a decir en voz alta y que nunca se arriesgaría a decirle.

Y era increíble que se sintiera así cuando se había pasado toda la vida asegurándose de que nadie viera su interior ni conociera a la verdadera Larissa.

Cada vez que miraba a Jack le costaba más trabajo seguir fingiendo, le producía más dolor y le dejaba cicatrices más profundas. Y la verdad era que estaba cansada de vivir de ese modo.

Harta del personaje que había creado, de su imagen y de lo que la gente pensaba de ella.

Lo más doloroso había sido darse cuenta de que Jack era el que peor imagen tenía de Larissa Whitney. Y era un sufrimiento que se hacía más insoportable cuanto más tiempo pasaba con él. No podía seguir así, soportando sus desprecios.

Estaba siendo víctima de su propio juego. Ella le había mostrado siempre a la gente lo que quería que vieran, pero todo había cambiado y sentía una angustia horrible en su interior al ver que Jack tenía tan bajo concepto de ella.

Tenía la respuesta y no podía aceptarla. Le parecía imposible. Era una verdad que le daba terror, pero que también había provocado una enorme sensación de alegría que no había sentido hasta entonces.

Había palabras para describir lo que estaba sintiendo, pero no se atrevía a usarlas. Creía que esas palabras no eran para ella. Después de todo, era Larissa Whitney. Había tomado una decisión en la vida e iba a tener que vivir con ella. Sabía que no había finales felices en su futuro, ni un hogar, ni casas con jardín y columpios.

Los más dóciles de su círculo social podrían aspirar al tipo de vida que sus padres hubieran decidido antes incluso de su nacimiento. Estaban abocados a matrimonios sin amor, hijos que perpetuaran el apellido familiar, algún escándalo de vez en cuando que tratarían de ocultar y poco más. Sus vidas discurrirían entre bailes benéficos, cotilleos y mentiras.

Ese era el tipo de matrimonio que Jack iba a tener. Estaba segura de ello. Su abuelo elegiría a alguna heredera inofensiva y joven con la que nunca iba a compartir la pasión que había vivido con ella.

Pero ese futuro no era el que le esperaba a Larissa, ella no iba a tener esa suerte. Había destacado por sus correrías y era demasiado famosa.

Se incorporó en la cama y colocó muy despacio los pies en el suelo. La madera estaba fría. Miró a Jack una vez más, tratando de no derramar las lágrimas que llenaban sus ojos. Tenía un nudo en la garganta y el corazón le latía con fuerza. Miró a la ventana y vio que las nubes se movían deprisa, descubriendo una luna que iluminó en ese instante el cuerpo de Jack. Era perfecto. Ese hombre era todo lo que siempre había deseado sin siquiera saberlo. Seguía siendo el mismo joven carismático y brillante. Su pasado no lo había manchado como a ella. Creía que no tenía posibilidad de redención.

Pensaba que podría llegar a tenerlo si encontraba la manera de ignorar lo que Jack sentía por ella, si fuera capaz de cerrar los ojos y tolerarlo. Pero no podía fingir que no le dolía, no iba a resignarse a vivir como la mujer que él pensaba que era en vez de la mujer que era en realidad.

Le asustaba ver cuánto le tentaba la idea de quedarse. Le habría encantado volver a meterse en esa cama y acurrucarse a su lado. Podía dejar que la tratara como quisiera, pero sabía que no debía hacerlo.

Le costaba confiar en sí misma, pero sabía que debía aprender a hacerlo y que no podía quedarse.

Durante mucho tiempo, se quedó donde estaba, completamente paralizada. No quería hacerlo, pero sabía que no tenía más remedio. Esa vez, Jack no iba a tratar de evitarlo. Estaba dormido. Tenía que decidirlo por sí misma, sin que nadie le dijera lo que tenía que hacer.

Respiró profundamente cuando pudo por fin reunir la fuerza necesaria y se levantó. No podía mirarlo, sabía que era mejor así. Se distrajo imaginando sus ojos, su pasión, los momentos de ternura, sus caricias, su deliciosa boca. Pero tampoco podía olvidar sus palabras, unas veces crueles y otras, amables.

No se veía capaz de dejarlo. Otra vez.

Recordó lo que había ocurrido la primera vez. Entonces, no había tenido las cosas tan claras como en ese momento, pero ya se había dado cuenta de que Jack Sutton era una amenaza para ella. Ni siquiera habría podido explicar por qué se había sentido así, pero había sabido que tenía que irse a pesar de que seguía deseándolo.

Había salido de su apartamento aprovechando que él estaba duchándose, como una furtiva, como si tuviera algo de lo que sentirse culpable. Después, había tomado el primer vuelo posible a Europa y de allí a las islas Maldivas.

Cuando regresó a casa semanas después, Jack ya había dejado de buscarla. Recordó cómo se había convencido entonces de que eso era exactamente lo que había querido que ocurriera. Y también decidió poco después que debía aceptar la propuesta de matrimonio de Theo.

Se dijo que ese fin de semana no tenía importancia, que simplemente se había dejado llevar con Jack. Pero creía que, inconscientemente, siempre había sabido la verdad.

Ese hombre era demasiado. Demasiado peligroso.

Era el único hombre del que podía imaginarse enamorada. De hecho, temía estar ya enamorada de él, aunque nunca podría haber nada entre ellos.

Era algo que ya había sabido cinco años antes y de lo que era más consciente aún en esos momentos. Había podido fantasear durante esos días en Scatteree Pines con una realidad que nunca iba a existir y eso hacía que la separación fuera más dolorosa esa vez.

Esa casa estaba llena de vida. Sus paredes habían visto crecer a muchas generaciones de su familia y podía imaginarse viviendo en esa isla llena de paz y sin reporteros. Jack y ella podrían vivir allí siendo exactamente quienes eran. Sabía que era imposible, pero creía que no hacía daño a nadie soñando con ello.

Pero su vida era demasiado complicada y Jack quería ganarse la aprobación de su abuelo en todo lo que hacía, incluso a la hora de elegir esposa. Si fuera distinta, alguien de quien Jack pudiera sentirse orgulloso en vez de avergonzarse de ella...

Inspiró profundamente y sintió un gran dolor en el pecho, cuando soltó el aire se dio cuenta de que estaba llorando y se tapó la boca con las manos para que Jack no la oyera.

Ya no iba por la vida anestesiada, todo lo contrario. Esa vez, sabía a qué estaba renunciando y le parecía increíble que pudiera dolerle tanto.

Parte de ella habría hecho cualquier cosa en ese momento por olvidar lo que sentía y poder quedarse a su lado, pero no podía ignorar sus sentimientos.

Sin quererlo, Jack le había enseñado que merecía más, no le había ofrecido nada, pero ella se había dado cuenta de que no iba a conformarse con menos de lo que merecía.

Ocho meses antes, habría sido capaz de quedarse con alguien que la odiara, pero ya no podía, había cambiado. Aunque aún no hubiera descubierto quién era, sabía qué tipo de persona quería ser. Era la primera vez que lo veía con tanta claridad desde que se despertara del coma.

Ya no se odiaba a sí misma y no podía quedarse con alguien que la odiara.

Se vistió deprisa y sin hacer ruido a la luz de la luna de noviembre. Después, metió sus cosas en la pequeña bolsa de viaje que había usado durante esos últimos meses.

Lo miró una última vez, contuvo el aliento para no llorar y sintió que se le partía el corazón en dos.

Le dolía ver todo lo que nunca iba a tener y lo que Jack pensaría de ella cuando se despertara y viera que se había ido.

Pero creía que era mejor así.

Tenía que serlo.

Un transbordador salía del puerto esa madrugada. Jack se lo había dicho nada más verla unos días en el restaurante de la posada y no pensaba perderlo.

Capítulo 9

JACK estaba muy aburrido. Creía que nunca lo había estado tanto.

El Museo Metropolitano de Arte de Nueva York era un sitio increíble y lo conocía a la perfección. De hecho, algunos de sus antecesores habían contribuido a crearlo a finales del siglo XIX. Había pasado tanto tiempo en ese sitio que lo conocía como la palma de su mano. Pensó que podría alejarse del resto de los invitados que, elegantemente vestidos, estaban participando en el baile benéfico que estaba teniendo lugar en la sala de Charles Engelhard. La fiesta de esa noche no tenía nada de especial, era como muchas otras a las que había asistido en ese mismo lugar. Sabía que podría cerrar los ojos e ir hasta la sala de esculturas medievales sin abrirlos. Y, como ya era el mes de diciembre, sabía que podría encontrar allí una reproducción de la Natividad del siglo XVIII iluminada por la luz de las velas.

Creía que el hecho de que estuviera pensando en esas cosas cuando nunca le habían interesado las Navidades ni las tradiciones asociadas a esos días, le confirmaba lo que ya había sospechado desde el momento en el que decidió con quién iba a asistir a ese evento. Miró a su acompañante y se dio cuenta de que, por mucho que lo quisiera su abuelo, no iba a casarse con la señorita Elizabeth Shipley Young. Ni siquiera sabía cómo iba a sobrevivir hasta el final del baile en su aburrida compañía. Sobre todo cuando su abuelo los vigilaba como un halcón.

–¿Estás bien? –le preguntó ella.

Tenía la voz aguda y reía demasiado a menudo. Supuso que estaría nerviosa y no le extrañaba. Tenía que reconocer que él no le había dado motivos para relajarse desde que fuera a recogerla a su casa. Había estado distraído y pensativo y apenas le había dirigido la palabra. La había tratado con corrección, por supuesto, pero con poco interés. Tenía fama de encantador y supuso que la joven estaría algo confundida. Él también se notaba distinto, como si hubiera dejado parte de ese encanto y parte de sí mismo en la isla de Endicott.

–Por supuesto, no podría estar mejor –mintió él forzando una sonrisa.

No tenía que mirar a su izquierda para saber que su abuelo estaba allí sentado observando sus movimientos y gestos con el ceño fruncido. Era casi como si creyera tener suficiente poder en su mirada para obligarlo a casarse con esa joven.

Jack dejó de sonreír en cuanto su acompañante se excusó para ir al tocador de señoras. Aunque sabía que estaba rodeado de pirañas que estarían también observándolo para tener así la oportunidad de esparcir más rumores sobre él, no se tomó la molestia de fingir que estaba teniendo una velada agradable en compañía de Elizabeth.

–Esta noche estás tan encantador como un sepulturero –gruñó su abuelo en cuanto se quedó solo.

No tenía paciencia para él en esos momentos, estaba demasiado cansado.

–Estoy aquí, ¿no? –repuso Jack mientras lo miraba a los ojos–. Tal y como me ordenaste.

–Es que no debería tener que mandártelo. Tienes que recordar en todo momento la responsabilidad que tienes como heredero de esta familia –comentó su abuelo.

Eran las mismas palabras que ya le había dirigido en innumerables ocasiones. Pero Jack estaba esa noche más impaciente e irritable que de costumbre. No conseguía escuchar sus quejas y aceptarlas con donaire como solía hacer siempre.

–No tienes que preocuparte. Sabes muy bien que estoy comprometido con mis obligaciones –le dijo a su abuelo entre dientes–. Quieres preocuparte y no sé por qué. No tienes motivos para hacerlo. Hace mucho que tengo la impresión de que te produce un gran placer controlarme de esta manera. Si no es eso, no lo entiendo.

Le hablaba con educación, pero también con frialdad.

Su abuelo se quedó un buen rato fulminándolo con la mirada. Fue un momento muy tenso y Jack se preparó para un estallido de furia. No sabía cuándo ni cómo se había convertido en alguien tan imprudente como para hablarle de esa forma. Hasta entonces, siempre se había andado con cuidado y la relación que había tenido con su abuelo había estado dominada por el respeto, pero también por cierta distancia entre los dos.

Su abuelo no contestó. Se dio media vuelta y se puso a hablar con la persona que tenía sentada a su lado.

Jack se acomodó en su silla y se distrajo contemplando a la gente que había a su alrededor. Pero apenas se fijaba en lo que veía. Tenía que admitir que llevaba algunas semanas sintiéndose distinto, aunque le costaba pararse a analizar las razones que habían provocado ese cambio. Y sabía muy bien por qué se negaba a hacerlo. Algo dentro de él había cambiado desde que se despertara una mañana para descubrir que Larissa Whitney se había ido de su lado.

Otra vez.

Y era algo que no conseguía superar.

Había seguido con su vida como si no le importara lo que había pasado. Trató de convencerse de que era así. Cerró la casa de Scatteree Pines y regresó a Nueva York. Había sido bastante duro sobrevivir el día de Acción de Gracias en la casa que su abuelo tenía en el centro histórico de Boston. Le había asegurado entonces que estaba dispuesto a sentar la cabeza y casarse para perpetuar el apellido familiar.

A su padre, que había asistido a la cena en compañía de su última esposa, había preferido ignorarlo.

Mientras su abuelo le detallaba las ventajas y desventajas de cada rica heredera de menos de cuarenta, Jack no había podido dejar de pensar en Larissa. Solo podía pensar en sus tormentosos ojos verdes, su deliciosa boca y una inteligencia que se empeñaba en ocultar.

Mientras su abuelo le hablaba de cuánto le convenía unirse con otras familias de renombre para reforzar el legado del que eran responsables, él solo podía revivir en su cabeza algunas escenas del tiempo que habían compartido en Scatteree Pines, como cuando ella se quitó el jersey la primera noche, ofreciéndose a él en el salón como una poderosa diosa.

Mientras daba vueltas a la cena de Acción de Gracias en su plato, había reflexionado sobre lo difícil que le resultaba la idea de casarse con la mujer más apropiada cuando no se quitaba a Larissa de la cabeza y aún podía saborearla en sus labios y sentir el tacto de su piel en los dedos.

Pero eran esas cosas que no había podido contarle a su abuelo.

Se sentía como si hubiera sido hechizado, no encontraba otra explicación. Larissa era tan adictiva como había temido y él era tan dependiente de esa droga como lo había sido siempre. Había pensado que iba a poder controlarse, pero se había equivocado. Incluso en esos instantes, después de que ya hubieran pasado varias semanas sin que la hubiera visto y lo dejara sin decirle adiós y a pesar de encontrarse rodeado de algunas de las mujeres más atractivas de Manhattan, seguía deseándola. No podía pensar en nada más, estaba obsesionado.

Vio que regresaba su acompañante y se levantó caballerosamente para retirarle la silla y ayudarla a sentarse. Aunque le sorprendía el hecho de que no pudiera quitarse a Larissa de la cabeza, no era algo que le molestara. Había regresado a su vida en Nueva York y a su trabajo en la Fundación Endicott, pero ella ocupaba sus pensamientos de día y protagonizaba de noche sus sueños.

Sentía que Larissa era su fantasma y se le aparecía a menudo.

Por eso no le sorprendió oír a la gente murmurar a su alrededor y ver que estaban hablando de Larissa, que acababa de llegar a la fiesta. Era casi como si él la hubiera conjurado con sus pensamientos. Sintió su presencia como una corriente eléctrica que lo recorrió de arriba abajo. Y por primera vez en mucho tiempo, no tuvo que forzar una sonrisa.

Estaba guapísima, no habría esperado menos en ella. Se había convertido en un icono de belleza para las mujeres de su generación y no le sorprendía que lo fuera. Recordó entonces que la versión de Larissa que había visto en Maine no era la habitual. Había pensando entonces que se había disfrazado para tratar de engañarlo y manipularlo.

Le costaba hacerse a la idea de que fuera la misma mujer con la que había estado en Scatteree Pines. Una sin una gota de maquillaje en el rostro y ropa muy cómoda. La mujer que tenía delante en esos instantes iba vestida a la última y dedicaba su famosa y falsa sonrisa a los fotógrafos y a los invitados. Daba la impresión de estar muy cómoda en ese ambiente, como si le encantara ser el centro de atención de todo Manhattan.

—Tiene mucha cara esa Larissa Whitney —le susurró Elizabeth Shipley Young al oído con tono altivo—. Viendo cómo se comporta, es difícil adivinar cómo es en realidad. Cree que está por encima de la gente…

Jack se quedó mirando a su acompañante. Le entraron ganas de agarrarla por los hombros y decirle lo que pensaba de ella, pero no creía que a su abuelo le gustara ese tipo de actitud. Además, era un caballero y eso no podía olvidarlo.

–No tenía ni idea de que conocieras a Larissa –le dijo entonces con frialdad.

Elizabeth se sonrojó al ver cómo le había hablado.

–Bueno, la verdad es que no la conozco personalmente –repuso ella algo avergonzada.

–Entonces, no sé cómo puedes atreverte a decir cómo es Larissa Whitney en realidad –replicó enfadado–. Creo que deberías pensártelo dos veces antes de hablar de la gente sin conocimiento. Es un tipo de actitud más propio de las personas que se dedican exclusivamente a calumniar y esparcir rumores sobre los demás.

Elizabeth abrió sorprendida la boca y se sonrojó aún más.

Notó que su abuelo lo estaba fulminando con la mirada, pero no consiguió que su gesto reprobatorio le importara en esos momentos. Tampoco le preocupaba echar a perder la posibilidad de que hubiera algo más entre su acompañante y él o la necesidad que tenía de casarse para darle un nuevo heredero a su familia. Estaba demasiado ocupado tratando de analizar por qué había reaccionando como lo había hecho cuando escuchó el comentario de Elizabeth. La verdad era que él mismo le había dedicado palabras mucho más duras a Larissa y había tenido incluso el descaro de decírselo a la cara. No entendía por qué le molestaba tanto que otra persona hiciera lo mismo que él.

Buscó a Larissa con la mirada. Se abría paso entre la gente y vio que sonreía a todo el mundo, como si esperara la admiración de todos, como si fuera una especie de aparición divina, un ángel que hubiera bajado de los cielos para iluminar a todos con su presencia. Llevaba un maravilloso traje largo en un color azul marino que dibujaba su perfecta anatomía como una segunda piel. Las lentejuelas de su vestido relucían con cada paso que daba.

No pudo evitar suspirar al verla así. Era aún más bella de lo que recordaba. Le encantó ver cómo se había
arreglado para destacar sus hermosos ojos verdes y su
pelo corto y negro. Aunque siempre había sido conocida por su maravillosa y larga melena rubia, le dio la
impresión de que su nueva imagen le confería una apariencia más sofisticada y elegante.

Le parecía una mujer que destilaba misterio, sensualidad y algo más que no sabía cómo definir.

Pero no tardó mucho en adivinar de qué se trataba.
Era su pedigrí, la importancia de sus raíces familiares.
Durante siglos, el legado de los Whitney se había trans-
ferido de generación en generación y, aunque le parecía
algo que Larissa no había querido aceptar hasta ese momento, le daba mucha seguridad y un aire casi regio. Se
movía entre sus admiradores y detractores con valor,
como si hubiera aceptado el hecho de que, hiciera lo
que hiciera, acabarían criticándola.

Se dio cuenta de que solo había una mujer como ella.
Por muy famosa que fuera y muy escandalosa que hubiera sido su vida, seguía siendo una Whitney. Cuando
la miraba, no podía evitar sentir que le pertenecía, que
esa mujer era su mujer. Le parecía una locura, pero todo
su cuerpo parecía estar de acuerdo.

Se dio cuenta de que Larissa Whitney había vuelto
a casa.

Y él estaba deseando volver a tenerla entre sus brazos.

Algún tiempo más tarde, Jack alcanzó a Larissa
cuando esta salía del museo y bajaba la famosa escalinata que daba a la Quinta Avenida. Ella iba bien abri-
gada para protegerse del frío de diciembre. Él, en cambio, no necesitaba nada. Después de pasarse toda la
velada viendo cómo bailaba con todo el que se lo pedía
y sonriendo sin descanso, no necesitaba nada más para

entrar en calor. Esa noche, se había comportado como la perfecta heredera, pero él no se creía nada de lo que había visto.

–Más despacio, Cenicienta –le dijo cuando estuvo lo suficientemente cerca como para tocarla.

Había alargado la mano para hacerlo, pero se contuvo en el último momento. Sabía que, si quería controlarse, no podía tocarla.

Ella giró y, durante unos segundos, tuvo el inmenso placer de ver a la verdadera Larissa, la que había conocido, sin la máscara que llevaba en sociedad. Lo notó en sus ojos y en cómo le temblaron los labios.

–Jack –repuso ella con una sonrisa–. ¿Te parece buena idea acercarte como lo has hecho a una mujer que camina sola y de noche por Nueva York?

–¿Adónde vas? –le preguntó él.

Sintió que estaba al borde del abismo, a punto de cometer alguna locura, como un depredador esperando el momento propicio para atrapar y devorar a su presa. Estaba nervioso y angustiado. Vio que Larissa tragaba saliva antes de contestar.

–Eso no es asunto tuyo –le dijo ella–. ¿De verdad vas a arriesgarte a que alguien te vea hablando conmigo? Estamos en la escalinata del Museo Metropolitano de Nueva York, uno de los sitios más concurridos de Manhattan. Cualquiera podría verte. No creo que sea buena idea que estés tan cerca de mí. Recuerda que podrías contagiarte.

Le hablaba con un tono dulce, pero había hielos en sus ojos y no pudo evitar sentirse dolido. El último recuerdo que tenía de ella había sido en su cama, con Larissa gritando de placer. Le bastaba con recordar ese momento para excitarse de nuevo. Pero sabía que era mejor no pensar en ello, esos recuerdos no estaban haciendo sino empeorar las cosas.

–Me parece increíble que estés huyendo del baile después del gran esfuerzo que has hecho para aparentar que has cambiado y que ya no eres la rebelde e inmoral heredera de una de las familias más importantes de la ciudad –le dijo él entonces–. ¡Qué sorpresa! –agregó con ironía–. ¿Hay algo de lo que no huyas?

A pesar de lo que le estaba diciendo, le dio la impresión de que no se trataba de la misma mujer con la que había compartido días de pasión en Maine. Sus ojos no expresaban nada, no reaccionó al oír sus palabras. Se limitó a sonreír y no le gustó que lo hiciera.

–Ya no me interesa que trates de analizar mi perfil psicológico. He cambiado desde que nos vimos por última vez –le dijo Larissa–. Es un placer verte de nuevo, por supuesto, sobre todo porque así he podido comprobar que ya no te disfrazas de pescador y que vuelves a lucir tus galas habituales –añadió mientras lo miraba de arriba abajo–. Pero, por desgracia, tengo que irme.

–¿Cómo se llama?

Su intención había sido fingir que Larissa no le importaba, pero no pudo evitar que hubiera cierta tensión en su voz. Larissa se quedó callada unos segundos, pero no apartó la mirada.

–¿Me estás preguntando por mi acompañante? –repuso ella–. He venido sola, Jack. No sé si lo sabías, pero algunas veces las mujeres vamos solas a los sitios. Incluso yo.

–Hablaba del hombre con el que has quedado ahora, pareces tener mucha prisa –le dijo él–. Del hombre por el que abandonaste mi cama.

Larissa soltó de golpe el aire que había estado conteniendo. La delató el frío, que formó una nube de vapor frente a su boca. Sonrió al verlo, no sabía por qué le resultaba tan fácil ser cruel con ella. No se reconocía, pero no parecía ser capaz de dejar de hacerlo.

–¿Es acaso ese imbécil con el que has bailado cuatro veces esta noche? –le preguntó él–. No podías haber elegido mejor. Pensó que mi abuelo era un camarero –añadió con ironía.

–¿Chip van Housen? –contestó ella riendo–. No, en absoluto.

–Entonces, ¿de quién se trata?

Larissa lo miró de arriba abajo.

–Pareces empeñado en pensar que voy al encuentro de algún hombre. Pero claro, es justo lo que esperas de una mujer como yo, ¿verdad? Crees incluso que me dedico a ello de manera profesional –le dijo ella fuera de sí–. Maldito seas, Jack –añadió entre dientes–. De un modo u otro, no es asunto tuyo.

No estaban solos en mitad de la noche. A pesar de la hora, había mucho tráfico, ruido de cláxones, autobuses y cientos de personas recorriendo las aceras. Pero él solo veía sus maravillosos ojos verdes y cómo le temblaba levemente el labio. Era casi imperceptible, pero lo notó. Quería tomarla en sus brazos y llevarla a algún sitio. Pero no sabía si deseaba tenerla en su cama o quedarse simplemente abrazándola. La segunda opción le parecía mucho más peligrosa. También quería disculparse y retirar sus palabras. Parecía empeñado en hacerle daño, cuando deseaba todo lo contrario.

Pero se quedó callado, no sabía cómo decírselo.

–¿De verdad crees eso, Larissa? –le preguntó él mientras se acercaba más a ella–. ¿De verdad crees que te basta con salir corriendo para conseguir que todo termine? ¿Otra vez? ¿Crees que voy a dejar que te salgas con la tuya también ahora?

–¿Qué es lo que quieres, Jack?

Por fin había conseguido que le hablara la verdadera Larissa y que abandonara sus juegos.

–No lo sé –repuso él con la voz entrecortada.

–¿De verdad quieres que te hable de Chip Van Housen? –le dijo ella con cierta angustia–. Solía gustarme salir con él para hacerle daño a Theo. Así conseguía hundirme un poco más y herir a mi prometido. Era la mejor manera de matar dos pájaros de un tiro –le confesó Larissa–. Chip piensa que le debo algo, pero no me preocupa. Es un tipo consentido y con demasiado dinero. De hecho, cree que todo el mundo le debe algo.

—¿Y no le debes nada?

No pudo contenerse y apartó de su frente un mechón de pelo. Vio que ella se estremecía y que separaba levemente los labios.

Era increíble volver a tocar su suave piel.

—No, y tampoco a ti —repuso ella con un poco más de firmeza—. ¿Qué precio crees que tengo que pagar? Porque pareces convencido de que debo pagar por mis pecados.

—No es eso lo que quería decir.

—No eres la única persona que puede decidir cambiar y mejorar su imagen —prosiguió Larissa—. Lo que pasa es que, cuando lo haces tú, te reciben con aplausos y una gran fiesta. Algunos tenemos que reinventarnos sin nadie que nos apoye o nos crea.

—Veo que sigues intentando convencerme de que estás tratando de cambiar —repuso furioso—. ¿Por qué te empeñas en seguir jugando así con la gente, Larissa? ¿Qué es lo que esperas ganar?

Durante unos segundos, Larissa lo miró como si acabara de abofetearla. Vio que le costaba respirar y no tardó en esconderse bajo su máscara.

—Tu acompañante es preciosa —le dijo ella entonces para cambiar de tema—. Estoy segura de que se convertirá en la esposa perfecta, pudorosa y obediente, a imagen y semejanza de lo que tu abuelo quiere.

No le gustaron sus palabras.

—¿Crees acaso que tú estás más capacitada para elegir a la que será mi esposa? —replicó él.

—No, es perfecta. Me ha parecido que estaba completamente sobrecogida por la situación. No creo que le importe que tengas aventuras extramatrimoniales, a lo mejor ni siquiera se entera. Puede incluso que se sienta aliviada, no me ha parecido una mujer muy aventurera.

—Tú, en cambio, eres completamente distinta —le dijo

mientras la miraba de arriba abajo–. ¿Acaso te estás
ofreciendo para ser mi amante?

–No –le dijo ella–. No seré yo. Estoy segura de que
habrá alguien más, pero no seré yo. Nunca.

–Eres una mentirosa –replicó él en un tono demasiado alto–. Y yo soy un cobarde. ¿De verdad crees que
vas a poder seguir huyendo de todo? ¿O crees que te
bastará con fingir que te has vuelto una mujer respetable?

–Ya estoy harta de… –comenzó ella.

Pero él no podía seguir fingiendo. La detuvo para
que no dijera nada más de la única manera que se le
ocurrió, besándola con toda la pasión y la ira que había
acumulado durante esas semanas.

La besó hasta que se olvidó de todo y solo existía
Larissa, su sabor y su aroma. Encajaban a la perfección.
Tomó su cara entre las manos y la besó una y otra vez.
Poco a poco, fue desapareciendo su ira y encendiéndose
la llama de la pasión en su interior.

La besó hasta olvidar dónde estaban y quiénes eran.
Olvidó que alguien podría estar viéndolos así.

Solo podía pensar en ella y en cuánto deseaba hacerle el amor. Se imaginó sobre ella, bajo ella, a su lado.
Estaba deseando enterrarse en su interior y unir sus
cuerpos hasta que no supieran dónde empezaba uno y
terminaba el otro. Habría dado cualquier cosa en ese
momento por poder estar con ella una vez más.

Pero Larissa gimió levemente y se apartó de él.

–En realidad no me deseas, Jack –le dijo ella sin
aliento–. Deseas lo que crees que soy, lo que ves cuando
me miras, pero no a mí.

–¿Cómo puedes saber lo que quiero?

–Poco me importa lo que tú quieras –replicó Larissa–. Lo que me importa es lo que quiero yo y no es
esto. No quiero besar a un hombre que me odia y hacerlo en secreto, en medio de la oscuridad, mientras que
la joven con la que va a casarse lo espera en otro lugar

lleno de gente, luces y un entorno mucho más apropiado.

—Pero te deseo a ti —insistió él acercándose un poco más.

Pero Larissa se apartó y lo fulminó con la mirada.

—No me conoces —le dijo ella—. Lo que deseas es una fantasía que no existe, como todos los demás. No tiene nada que ver conmigo.

—Te conozco mejor de lo que crees —repuso él con el corazón en la garganta.

—No, no es verdad. Pero yo sí te conozco a ti. Te crees con derecho a juzgarme e insultarme. Te gusta recordarme cada fallo que tengo cuando lo único que haces tú es bailar al son que te marca tu abuelo. Nunca vas a conseguir terminar de cumplir la penitencia que te ha impuesto. ¿No te das cuenta, Jack? Nunca vas a poder recuperar a tu madre ni conseguir que tu abuelo te trate mejor.

—¡Cállate! —exclamó él con dureza.

—Prefieres pasar el resto de tu vida amargado y sin posibilidad de ser feliz antes que enfrentarte a tu abuelo —insistió Larissa—. Estás incluso dispuesto a casarte con quien él elija, como si estuviéramos en el siglo XIX. ¿Cómo puedes atreverte a decirme que mi vida es patética? Puede que sea muy débil y una vergüenza para mi familia, pero al menos yo no finjo ser quien no soy —agregó mientras levantaba orgullosa la cara—. Con defectos o sin ellos.

—¿Cómo puedes hablar así? Te has empeñado durante toda tu vida en menospreciar lo que te corresponde por nacimiento —replicó él fuera de sí.

—No puedes hablar de mí, Jack. No me conoces y nunca llegarás a hacerlo —le dijo Larissa con tristeza.

Se le encogió el corazón al ver cómo lo miraba. Sintió que la estaba perdiendo en ese momento, que la había decepcionado. Larissa era la que lo abandonaba una y otra vez, pero se dio cuenta de que él era el que la estaba empujando.

Le brillaban los ojos y sus labios temblaban, pero se apartó de él. Se dio cuenta de que no iba a volver a su lado. Ni esa noche ni nunca.

–Larissa… –susurró desesperado.

Pero ya era demasiado tarde. Ella se había dado la vuelta y bajaba los escalones hasta la calle.

Lo dejó donde estaba, solo y confundido. No entendía qué acababa de pasar ni qué iba a hacer.

Capítulo 10

LARISSA esperó a su padre en el mismo frío salón de la mansión Whitney donde había pasado muchos momentos desagradables durante su juventud.

Estaba en el segundo piso de la gran casa que ocupaba una manzana entera del centro de Manhattan y frente a la que se detenían aún muchos turistas para hacer fotografías de la conocida fachada.

Sabía que ese salón era el favorito de Bradford. Era relativamente pequeño y allí su voz llenaba todo el espacio. Y estaba bastante apartado, lejos de los oídos del servicio de la casa. Así podía decirle a su hija lo que pensaba de ella sin que nadie lo oyera.

Sabía que le bastaría con cerrar los ojos para recordar esa misma escena repetida docenas de veces. Solo cambiaba su edad, el resto seguía igual. Había pasado demasiado tiempo sentada en esa misma silla y mirando el mismo cuadro de Mary Cassatt mientras su padre le hablaba.

Esa vez no cerró los ojos, temía que se le viniera a la cabeza una imagen muy distinta, la de Jack.

No había dormido nada y estaba agotada. No había dejado de pensar en el beso que le había dado Jack la noche anterior en la escalinata del Museo Metropolitano. No podía dejar de pensar en sus ojos de chocolate ni en su bello rostro.

Era una mañana muy fría que parecía colarse en el salón por los grandes ventanales. Se estremeció y lamentó haberle entregado su abrigo al mayordomo que la recibió y acompañó hasta el salón.

Se abrió de repente la puerta y entró su padre. Le dedicó una mirada nada más verla que consiguió que la temperatura del salón bajara aún más. Tenía el mismo aspecto de siempre. Aunque iba vestido de manera muy distinguida y elegante, su expresión era gris y sombría.

–No has conseguido engañarme con tu cambio de actitud, Larissa –le dijo Bradford a modo de saludo mientras la miraba con desdén.

Después, fue a sentarse frente a ella, al otro lado de una mesa de centro que llevaba en esa mansión y en ese mismo lugar desde el siglo XIX. Suspiró al darse cuenta de que la historia se repetía una y otra vez. Tal y como había esperado, su padre se había sentado en el mismo sillón de siempre y se preparaba para enumerar todos sus defectos. Algunos años, esas conversaciones terminaban entre lágrimas o con ella gritando. Otras veces, se había limitado a ir hasta la ventana y fingir que su padre no estaba allí. Recordó que una vez había tenido incluso la osadía de fingir estar dormida mientras le hablaba.

De un modo u otro, nunca había conseguido nada. Sintió en ese instante un profundo pesar al ver el tiempo que su padre y ella habían perdido. Eran momentos que nunca iban a poder recuperar.

–No sé a qué te refieres –repuso ella.

Lo sabía perfectamente, pero quería que se lo dijera él. Si tanto le avergonzaba su comportamiento, no podía evitar sentir cierta satisfacción al obligarlo a describir en voz alta lo que había hecho.

–Me refiero a todos esos bailes benéficos a los que has asistido y en los que te has comportado como si fueras una dama –le dijo Bradford–. Sé que no es nada más que un juego y que lo único que pretendes es engañar a todo Nueva York para que piensen que has cambiado y te has convertido en una mujer decente. Aunque cam-

bies tu modo de vestir, nadie va a olvidar las escanda-
losas prendas que has lucido en el pasado. No te va a
bastar con vivir unas cuantas semanas de esa manera
para que la gente olvide tu pasado.

Larissa pasó la mano sobre sus elegantes pantalones
grises y tuvo que contenerse para no ajustar el jersey negro de cuello alto que llevaba esa mañana. Había ador-
nado sus orejas con unos sencillos pendientes de diaman-
tes. Sabía que su aspecto era elegante y algo conservador.
Su padre no podía saber lo dolida y humillada que se sentía, aunque era en parte el culpable de que ella albergara
esos sentimientos. Bradford solo veía lo que ella le mostraba, igual que todo el mundo, y decidió no mostrarle
nada en esos momentos.

–Imagino que tus palabras son una manera de darme
la bienvenida, papá –le dijo entonces con ironía–. Muchas gracias.

–El portero de tu edificio me ha dicho que volviste
a la ciudad hace unas semanas –repuso Bradford–. Tuve
que revisar entonces las últimas revistas del corazón para
saber dónde habías estado, pero no encontré nada. No
sé qué has estado haciendo, Larissa, pero estás consiguiendo el mismo efecto de siempre. No me gusta nada
tu actitud.

–Me encuentro bien, gracias por preguntar –repuso
ella como si acabara de preguntarle por su salud–. Los
meses que he estado fuera, después de pasar un trago
tan duro, me han ayudado mucho a aclarar mis ideas.
Te agradezco que te intereses por mí. Como siempre,
me emociona ver cuánto te preocupa tu hija.

–Mucho cuidado con tus palabras, Larissa –la ame-
nazó Bradford.

–¿Qué vas a hacer? ¿Acaso crees que mi reputación
o mis circunstancias podrían ser aún peores? Creo que
ya no te queda nada con lo que amenazarme.

–Tu vida es un melodrama que dejó de interesarme
hace mucho tiempo –le aseguró Bradford con frialdad–.

La próxima vez que trates de terminar con tu vida en uno de esos clubs o en alguna fiesta, asegúrate de hacerlo bien. No lo dejes a medias. No es nada fácil arreglar los líos en los que te metes y ocultarlos para que no afecten aún más al prestigio de esta familia y de Whitney Media –agregó sin importarle el efecto que pudieran tener sus crueles palabras–. No puedo permitirme el lujo de perder a otro director general por tu culpa. ¿Lo entiendes? ¿Estoy siendo lo suficientemente claro?

Se quedó sentada sin decir nada y respiró profundamente, era lo que los médicos le habían dicho que hiciera ocho meses antes, cuando Bradford le causó un ataque de nervios en ese mismo salón y por culpa de un tema muy parecido. Entonces, había tenido la sensación de que estaba a punto de sufrir un infarto. Lo había pasado muy mal y no pensaba darle a su padre la satisfacción de reaccionar esa vez de la misma manera.

–Muy claro –le dijo ella con su sonrisa más falsa–. La próxima vez que pierda el conocimiento y entre en un estado de coma, me aseguraré de morir. Te lo prometo –añadió mientras lo miraba a los ojos–. ¿Estás contento ahora?

–Eres la mayor decepción de mi vida –le dijo Bradford como si le estuviera hablando del tiempo.

–Llevas diciéndome lo mismo desde que tenía seis o siete años –repuso ella.

Le enorgullecía ser capaz de escuchar todas esas cosas sin reaccionar de ninguna manera, como si sus palabras no pudieran hacerle daño.

–Te aseguro que sé perfectamente lo que sientes por mí. Y, si no lo hubiera sabido hasta ahora, me lo acabas de dejar muy claro al sugerirme que trate de quitarme la vida con más acierto que la última vez.

–Espero que hayas disfrutado de tus vacaciones, Larissa –le dijo Bradford entonces con absoluta frialdad–. No tengo ni idea de qué has podido estar haciendo durante tanto tiempo, pero la verdad es que tampoco me importa.

Lo único bueno que puedo decir esta vez es que has conseguido no salir en la prensa, pero supongo que las facturas serán desorbitadas, como siempre.

Ella pensó entonces que sí, había gastado mucho durante esas semanas, pero había sido un gasto emocional, no económico. No pensaba decirle la verdad, sabía que nunca la creía.

–Si has superado tu presupuesto trimestral, no pienses que voy a sacarte las castañas del fuego. Estoy harto de solucionar tus problemas.

Vio algo distinto en sus ojos en ese instante y se quedó sin aliento. Se preguntó si su padre tendría sentimientos después de todo.

–¿Sabes lo que ha supuesto para la empresa el perder a alguien como Theo Markou García? ¡Y todo por tu culpa!

Se dio cuenta de que había estado conteniendo el aliento para nada. Le parecía increíble guardar aún en su corazón la esperanza de que su padre pudiera ser distinto. Se sintió muy estúpida en esos momentos.

–Sabes que la empresa y tú no sois la misma entidad, ¿verdad? –le dijo entonces ella–. A veces pienso que estás perdiendo la cabeza.

–Después de lo que hiciste la última vez que tuvimos reunión del consejo, agradéceme que no te haya sacado completamente de la empresa –le aseguró Bradford entonces–. No he olvidado lo que trataste de hacer. Estuviste a punto de echar a perder nuestro futuro con el único objetivo de causarme más problemas aún. La próxima vez que decidas cambiar tu testamento, será mejor que te mueras de verdad. De otro modo, haré que te arrepientas durante el resto de tu vida.

Sus duras palabras se quedaron colgando en el aire entre los dos. Le parecía increíble que pudiera hablarle con tanto odio.

–No habrá necesidad. Es algo que ya has conseguido

después de tenerte como padre durante mis veintisiete años de vida.

–Lo único que tenías que hacer era casarte con Theo –le dijo entonces su padre–. Y ni siquiera pudiste hacer eso, ¿no? No vales para nada y eso no va a cambiar nunca. No puedo creer que no hubiera boda después de ver cómo ese pobre hombre te perseguía durante años.

Ella pensaba que Theo había hecho lo más inteligente escapando a tiempo de esa familia. Ella también soñaba con poder huir de su realidad y, durante los últimos ocho meses, había estado a punto de conseguirlo. Pero Jack le había enseñado al menos una cosa, no podía huir de quien ella era en realidad.

–No estoy aquí para que hablemos del pasado –le dijo ella–. La verdad es que casi no me acuerdo –mintió–. ¿Qué es lo que querías decirme? No creo que me hayas hecho venir para hablar de Theo, ¿verdad?

Bradford se quedó mirándola unos segundos antes de contestar.

–La reunión anual del consejo de administración es este jueves –le dijo entonces–. Sé que tus abogados han estado tratando de ponerse en contacto contigo durante varias semanas. O puede que incluso meses. Muy a mi pesar, vas a tener que estar presente.

–¡Qué invitación tan sincera! ¿Cómo podría negarme? –murmuró ella–. Pero ya sabes que los negocios me aburren, sobre todo los tuyos.

Lo observó para ver cómo reaccionaba, no se cansaba de examinarlo así para ver si descubría, aunque fuera por casualidad, que su padre era humano. A pesar de todo, no perdía la esperanza.

Ver a su padre le ayudaba a entender por qué era ella como era. De hecho, le sorprendía no haber terminado peor. Y se sintió orgullosa al sentir que estaba empezando a hacer algo para cambiar su vida y volver a tomar las riendas. Bradford nunca había sido un buen ejemplo para ella, todo lo contrario.

–Tienes que ir para cederme de manera oficial tus acciones –le dijo entonces su padre con firmeza–. No veo motivo alguno para que sigamos como hasta ahora. Está claro que no tienes ningún interés en la empresa y, si me cedes las acciones, ya no será necesario que tengas un representante en el consejo de administración. Es mejor para todos. En cuanto firmes los papeles, ya no tendrás que preocuparte por Whitney Media. Y yo no tendré que preocuparme por ti.

–¿Acaso esos papeles van a poner fin también a nuestra relación de parentesco? Eso no puedo perdérmelo.

–Espero que no hagas una escena, Larissa –continuó Bradford con dureza–. Te limitarás a firmar los papeles, anunciar al consejo tus intenciones de seguir viviendo la vida a tu manera e irte. ¿Lo tienes claro?

Volvió a sentir dolor en su interior y anheló cosas que nunca había tenido ni iba a tener. Le habría gustado ser una persona más fuerte y ser capaz de creer que el monstruo era su padre, no ella. Pero seguía importándole lo que pensara de ella.

Había cometido el error durante toda su vida de pensar que podría llegar a cambiarlo y conseguir que la quisiera. Pero Bradford se había limitado a tratarla como si fuera una carga y una responsabilidad de la que estaba deseando librarse.

Sintió que ella había cambiado, pero su padre seguía siendo el mismo. Por culpa de ese hombre, su madre había decidido pasar el resto de su vida en la Provenza y anestesiada por los opiáceos. Y por culpa de ese hombre también, ella había decidido destruir su vida por todos los medios posibles, quizás con la esperanza de conseguir despertar su interés.

Lo miró y supo que él nunca iba a darse cuenta de que había cambiado.

–No te preocupes, papá –le dijo ella con cuidado de

que su voz no reflejara las emociones que estaba sintiendo en esos momentos–. Te entiendo perfectamente.

Supo en ese instante que aquello era un adiós.

Unos días después, Larissa se encontró a Jack esperándola en el vestíbulo cuando ella entró corriendo en su edificio para resguardarse de esa fría noche. Una vez más, volvía de un baile benéfico al que había asistido. Se quedó sin aliento al verlo. Llevaba un abrigo negro que le hacía parecer más alto aún y la miraba con el ceño fruncido.

Le bastaba con observarlo para darse cuenta de que era un hombre poderoso, pero trató de tranquilizarse y recordar que a ella no le afectaba.

Pero no podía engañarse. Se le hizo un nudo en el estómago y no pudo evitar que despertaran las llamas del deseo. Saludó al portero con una sonrisa y fue al encuentro de Jack.

–¿Por qué estas aquí? –le preguntó.

Jack estaba apoyado en una de las columnas de mármol del gran vestíbulo. Se quedó mirándola unos instantes sin contestar. No podía evitar sentir mil cosas cuando lo veía, no entendía cómo podía seguir afectándole tanto su presencia.

–No lo sé –repuso Jack con sinceridad.

Era una respuesta simple, pero en esos instantes le resultó casi abrumadora. Se quedó inmóvil, sin saber qué hacer. Sabía que tenía que seguir respirando y fingir que no le importaba verlo allí.

–Esto empieza a parecerse a una forma de acoso –le advirtió ella–. Aunque tratándose del gran Jack Endicott Sutton, supongo que no podría considerarse acoso, sino persistencia. O quizás sea persuasión. De un modo u otro, supongo que debería sentirme halagada –agregó con ironía–. ¡Qué suerte la mía!

–Pensé que, si te llamaba, ignorarías el teléfono –repuso Jack sin dejar de mirarla con sus maravillosos ojos castaños.

Se le olvidó de repente el frío de esa noche de diciembre.

–Eres muy listo, Jack –le dijo ella–. Es una de las cosas que más admiro de ti.

Llevaba zapatos de tacón alto y eso hizo que se sintiera más poderosa, estaba a su altura. Creía que así le resultaría más fácil mantenerse firme y no rogarle de rodillas que la amara. Pero estaba demasiado cerca para que su presencia no le afectara y le entraron ganas de abrazarlo. Deseaba poder saborear de nuevo sus labios y le dolía saber que ya no era posible.

A pesar de los nuevos sentimientos que albergaba en su corazón, nunca iba a poder tenerlo. Había dejado de ser una mujer vacía y superficial y ya no podía conformarse con las migajas que le dejaran otros.

Le costaba aceptar esa nueva realidad, pero trató de recordar que era mejor así.

–Invítame a subir a tu casa –le dijo Jack.

No era una sugerencia, sino una orden y vio deseo en sus ojos. Sabía lo que quería él y lo que su cuerpo también deseaba.

–No creo que sea una buena idea –repuso ella algún tiempo después.

Era casi imposible negarse cuando Jack la miraba de esa manera y metió las manos en los bolsillos de su abrigo para no tener la tentación de tocarlo.

–Nada de lo que ha ocurrido entre nosotros ha sido fruto de una buena idea –le recordó Jack con media sonrisa.

Pero ella creía que, si de verdad quería cambiar, tenía que mantenerse fuerte. Si quería ganarse el respeto de los demás y el suyo propio, iba a tener que ser consecuente y no dejarse llevar por ese tipo de situaciones.

–Lo siento –le dijo ella mientras iba hacia los ascensores–. No puedo hacerlo, Jack. Ha sido una semana muy larga y tengo una reunión en Whitney Media mañana por la mañana. Tengo que enfrentarme al consejo de administración sin un prometido a mi lado que me saque las castañas del fuego. Además, estoy cansada.

–Espera –le pidió Jack entonces–. Por favor.

Se dio la vuelta al oír sus últimas palabras y le sorprendió aún más su expresión. Vio que Jack parecía tan perdido como lo estaba ella. Era como si también a él lo sobrecogiera esa situación. Como si…

Pero sabía que era mejor no soñar con imposibles.

Aun así, el corazón le latía con más fuerza aún, casi con esperanza.

–Demos un paseo. O, si lo prefieres, podemos ir a tomar una copa –le dijo Jack como si le fuera la vida en ello–. Podemos ir al bar más popular de Manhattan, si así te sientes más segura.

Pero ella sabía que no le iba a servir de nada. Nunca iba a poder sentirse segura cerca de Jack porque deseaba algo que él nunca iba a poder darle y no estaba dispuesta a seguir haciéndose más daño.

Se acercó entonces a él, conteniéndose para no tocarlo. Notó que Jack contenía el aliento cuando ella se inclinó para darle un beso en la mejilla. Cerró brevemente los ojos mientras lo hacía y dejó que su aroma la transportara a otros momentos. Después, se apartó de él.

–Adiós, Jack –susurró entonces.

Antes de que pudiera ir hasta los ascensores, él agarró su brazo con firmeza para no permitir que se fuera.

–¿Cómo puedo descubrir quién eres en realidad, Larissa? –le preguntó Jack mirándola directamente a los ojos–. ¿Cómo va a conseguirlo nadie si sigues huyendo y escondiéndote?

No supo qué decir. Le parecía increíble poder amar tanto a ese hombre cuando sabía que poseía la habilidad de destruirla por completo. De hecho, ya había empezado a hacerlo y ella se lo había permitido. Había sido su cómplice.

–Para empezar, puedes usar tus ojos para ver cómo soy, no tus prejuicios –le dijo ella con la voz entrecortada.

Lamentó no poder controlar mejor su voz en esa situación y fingir que nada le importaba, pero era imposible hacerlo cuando Jack la miraba de esa manera y había tanta tensión entre los dos.

–Enséñame –susurró Jack–. Enséñame a hacerlo.

Seguía siendo muy débil y estaba enamorada de él. Creía que esos dos factores acabarían por destruirla por completo, pero no podía controlar lo que le pedía su corazón.

Jack estaba frente a ella y pensó que quizás mereciera la pena dejarse llevar una vez más por esa situación.

–De acuerdo –susurró ella sin pensárselo dos veces.

–¿De acuerdo? –repitió Jack.

Parecía algo confuso, pero brillaba ya en sus ojos una luz distinta, era consciente de que había ganado esa batalla.

–Puedes subir –le dijo ella con el corazón en la garganta–. Pero no puedes quedarte –añadió mirándolo a los ojos.

Capítulo 11

A LA MAÑANA siguiente, mientras Larissa se pintaba los labios y se preparaba para la reunión con los otros ejecutivos de Whitney Media, trató de convencerse de que había sido un error, pero no lo consiguió.

Sabía que tenía que serlo, no podía ser otra cosa, solo un error más que añadir a su larga lista.

Cerró los ojos un instante y recordó lo que había ocurrido esa noche. No pudo evitar que su cuerpo despertara al pensar en ello. Se habían abrazado en cuanto entraron por la puerta de su piso. Después de semanas separados, el reencuentro había sido mucho más apasionado. Se besaron y tocaron con frenesí mientras iban despojándose de su ropa.

Se estremeció al recordarlo, no parecía ser capaz de controlar lo que sentía por él. Jack era letal, mucho más peligroso de lo que había imaginado nunca.

No llegaron más allá de la alfombra persa del vestíbulo.

Algún tiempo después, ella lo llevó hasta su dormitorio. Tenía una bella vista de Central Park y volvieron a hacer el amor con las luces de Manhattan como testigos.

Suspiró al recordar cómo la había acariciado Jack, cómo había recorrido con los labios todo su cuerpo y cómo se había arrodillado frente a ella para besarla de la forma más íntima posible. En esos instantes, había sentido que se derretía y no había podido evitar gritar su nombre en el momento más álgido.

No podía dejar de pensar en él y su cuerpo la traicionaba cada vez que recordaba esos momentos. No entendía cómo podía amar las cosas que más daño le hacían.

Se concentró en la imagen que le devolvía el espejo. Se había maquillado con sobriedad y quería peinarse para tener una imagen lo más seria y profesional posible. Había elegido su ropa con el mismo criterio. Llevaba una falda recta de color marrón y una blusa blanca.

Creía que había conseguido el efecto deseado, pero sabía que a la gente le iba a costar olvidarse de su pasado.

—¿Por qué vas a ir a la reunión del comité de Whitney Media? —le había preguntado Jack la noche anterior—. Pensé que esas cosas te aburrían.

Fue después de que hicieran el amor una segunda vez, mientras descansaban juntos en su cama. Le había dado la impresión de que él sentía cierta curiosidad, nada más.

Abrió la boca con el objetivo de decirle que en realidad no le importaba, pero decidió que había llegado el momento de ser sincera.

—La verdad es que no sé si me voy a aburrir o no —le confesó ella—. Nunca he ido a una de esas reuniones. Mi padre y Theo preferían encargarse de todo y que yo no asistiera. No me importaba demasiado que no me incluyeran, lo prefería así —agregó sonriendo.

Aunque apenas podía verlo, notó que Jack la miraba con atención e interés. Sus ojos eran tan poderosos como sus caricias. Se giró para mirarlo y solo fue capaz de distinguir el brillo en sus ojos. Estaban solos en mitad de la noche y le pareció un momento casi mágico, muy íntimo. Casi como si no existieran ni el tiempo ni el espacio.

Eso era al menos lo que había querido creer.

—Mi padre quiere que le ceda mis acciones —le había dicho ella entonces—. Al parecer, tiene la impresión de que, si corto mi relación con Whitney Media, ya no tendrá que ocuparse tampoco de mí. Y supongo que tiene razón. Está encantado con esa posibilidad.

Oyó entonces que Jack suspiraba y se preparó para lo que iba a decirle. Había pensado que criticaría su actitud, pero no lo hizo.

–Pasé el día de Acción de Gracias con mi padre –le había dicho Jack entonces mientras apartaba un mechón de pelo de su cara–. Él es una de las razones por las que no soporto ese tipo de celebraciones. Mi abuelo aprovechó la ocasión para darme consejos y criticar mi actitud, como hace siempre. También tuve que soportar cómo se terminaba mi padre todo el whisky que había en la casa y cómo aprovechaba cualquier ocasión para coquetear con su nueva esposa. Creo que ha olvidado que existo y ni siquiera le preocupa romper toda relación conmigo.

Se quedaron los dos en silencio, compartiendo un momento muy especial y ella se quedó sin aliento. No podía dejar de mirarlo a los ojos. Deseaba abrazarlo y no moverse hasta que se disipara todo el dolor.

–¿Qué vas a hacer? –le había preguntado Jack poco después.

Su pregunta llegó cuando ella había estado pensando en la posibilidad de atreverse a dar el siguiente paso. Le parecía increíble que estuviera siquiera contemplando la posibilidad de que Jack también sintiera algo por ella.

Le aterrorizaba querer algo con tanta fuerza después de haber pasado sola la mayor parte de su vida. Aun así, deseaba estar con él, siempre lo había deseado.

Pero había sufrido mucho por culpa de sus decisiones, siempre equivocadas. Quería cambiar y también reconocer sus errores, pero no sabía si podía confiar en él.

–Me temo que Larissa Whitney no sabe nada de negocios ni finanzas –le había contestado ella–. Es inconstante, caprichosa y no creo que sea demasiado inteligente.

–Larissa Whitney estudió en una de las mejores universidades del país y procede de una familia muy poderosa, forma parte de su genética –le había contradicho Jack con una sonrisa mientras acariciaba tiernamente su mejilla–. Creo que sería capaz de hacerlo.

Esas palabras le habían dado la fuerza que necesitaba para enfrentarse a la reunión que tenía esa mañana. Tomó su bolso y salió de su piso.

Después de esa conversación, habían dormido abrazados. Algún tiempo después, ella le había pedido que se fuera.

Le agradaba pensar que Jack la veía capaz de ocupar su lugar en la empresa familiar. Había tratado de recordar que sus palabras no importaban, que solo eran algo que le había dicho en mitad de la noche, que no podía tomárselo en serio.

Temía que, a pesar de todo, Jack siguiera odiándola.

Cuando llegó al edificio donde estaban las oficinas de Whitney Media, subió directamente al piso donde se encontraba la presidencia de la empresa. Desde allí se veía todo Manhattan y el interior también era impresionante. Las paredes estaban decoradas con obras de arte que reflejaban el legado histórico de la familia Whitney y todos los logros de la empresa familiar en el mundo de la prensa, la televisión y el cine.

Había estado allí en innumerables ocasiones. De pequeña, había tenido que ir alguna vez para posar frente a la cámara. Su papel entonces había sido el de humanizar al poderoso presidente de la compañía. Más tarde, había tenido que soportar, como cualquier otra adolescente malhumorada, eventos de todo tipo. Durante los últimos años, se había acercado a las oficinas para recoger a su prometido. Se dio cuenta de que era la primera vez que pisaba esos despachos con otro objetivo en mente, como alguien que tenía derecho a estar allí. Ya no era simplemente un accesorio. Le gustó sentirse poderosa.

Miró su reloj y vio que lo había planificado a la perfección. Sonrió a la secretaria que esperaba junto a las puertas de la sala de conferencias. Agarró el pomo de la puerta y respiró profundamente para prepararse.

Pensó en ese instante en las manos de Jack y en cómo la había acariciado la noche anterior. Le había dado casi la impresión de que había ternura y algo más en sus caricias.

Recordó su voz y cómo había tratado de convencerla para que reclamara lo que era suyo, aunque no lo quisiera. La había retado para que lo intentara y se decidiera a considerar la posibilidad de llevar una vida completamente distinta.

«Puedo hacerlo, puedo hacerlo», pensó ella.

Abrió entonces las puertas y entró.

La sala olía a testosterona. Vio que era la única mujer presente. A su alrededor, trajes oscuros hechos a medida y carísimos zapatos italianos. Esos hombres eran verdaderos tiburones de las finanzas, hacían y deshacían a su antojo sin que les importara arruinar a otros para alcanzar la cima. También era la más joven de los presentes.

–Buenos días, caballeros –los saludó mientras les dedicaba su sonrisa más famosa–. Espero no haberles hecho esperar.

Murmuraron una respuesta con poco interés. Poco le importaba. Sabía lo que tenía que saber de esos hombres y no le intimidaban tanto como los reporteros que la habían perseguido con sus cámaras durante años. No necesitaba que la trataran con educación, no los necesitaba en absoluto.

–Llegas cinco minutos tarde –le dijo su padre–. Pero no hay necesidad de alargar más aún las cosas, los papeles están preparados para que los firmes –agregó mientras los señalaba con un dedo.

Larissa se sentó frente a ellos. Miró el primero por encima y también hojeó unos cuantos más. El lenguaje era complicado, no estaba familiarizada con ese tipo de conceptos.

—Ahora mismo, tengo en mis manos el control de Whitney Media, ¿no es así? —preguntó ella simulando poco interés mientras miraba las páginas que tenía que firmar.

Notó que muchos de los presentes se quedaban sin aliento y la miraban con más atención. Levantó la vista y vio que fruncían el ceño. Eran hombres poderosos que no estaban acostumbrados a tener que lidiar con jóvenes como ella. No le sorprendió, era así como Bradford la había tratado siempre.

Estaba disfrutando mucho con esa situación.

—Limítate a firmar los papeles, Larissa —le dijo su padre—. En cuanto lo hagas, podrás marcharte. Tenemos asuntos importantes que tratar.

—Tengo el cincuenta y un por ciento de las acciones si no me falla la memoria, ¿verdad? —preguntó ella—. ¿O era acaso un cincuenta y dos por ciento? Recuerdo que Theo me entregó sus acciones cuando dejó la empresa. Fue todo un detalle por su parte, sobre todo cuando acabábamos de romper nuestro compromiso.

—¿A qué está jugando? —le preguntó uno de los hombres presentes.

Sabía que manejaba unos cuantos fondos de inversión y era propietario de varios inmuebles en la zona baja de Manhattan. Pero no le intimidaba, se limitó a mirar a su padre. La fulminaba con la mirada y vio que parecía furioso.

—Nadie está jugando a nada —intervino Bradford con frialdad.

Ella se limitó a sonreír.

—Me parece increíble que hayas entregado tanto tiempo y energías a esta empresa y no hayas pensado en proteger su futuro —le dijo ella como si se le acabara de ocurrir—. No me parece un modo de actuar muy práctico, papá. ¿No te parece?

—El futuro de esta empresa era Theo y, por culpa tuya, no está aquí —replicó Bradford—. Pero imagino que no te importa. ¿Qué estás intentando hacer, Larissa? ¿Acaso los reporteros ya no te prestan atención? Deberías desmayarte en público más a menudo, puede que así consigas las portadas que necesitas. Haz lo que creas conveniente, pero no nos hagas perder el tiempo.

–No creo que esto sea una pérdida de tiempo –le dijo ella sin dejar de sonreír mientras miraba a su alrededor–. Esto es una reunión de la directiva de la empresa y yo soy la accionista mayoritaria. Mis abogados me han dicho que el accionista que detenta el mayor número de acciones debe estar presente en las reuniones del comité. Por eso estoy aquí, a vuestro servicio.

Todos empezaron a hablar a la vez, pero ella los ignoró. Se limitó a mirar a su padre, que la fulminaba con la mirada. Supo que, de haber podido hacerlo, la estaría estrangulando en esos momentos con sus propias manos. Era muy triste, pero le gustó tener ese poder. Por fin conseguía alguna reacción de su padre, aunque no fuera la deseada.

Creía que a ella nunca la había querido, pero la empresa era toda su vida. Era lo único que había tenido.

–Has usado a alguien que te represente en estas reuniones durante años. ¿De verdad crees que vamos a tomarte en serio ahora? –le preguntó su padre.

–Creo que ya no necesito un representante –le aseguró ella sin dejar de sonreír–. Pero muchas gracias por mostrar tanta preocupación.

–Que no se te olvide que eres famosa por tus escándalos y tu inmoralidad –le dijo Bradford con frialdad–. Está claro que no eres la persona más adecuada para ocupar este papel.

La miraba como si hubiera ganado la batalla.

–Es una pena que no haya una cláusula en los estatutos de la empresa por la que pueda apartarse a un miembro del comité si su conducta no es la adecuada. Si la hubiera, ninguno de estos hombres formaría parte del comité, ¿no te parece?

–¡Limítate a firmar los malditos papeles! –insistió su padre.

Fue como si estuvieran solos Bradford y ella y no hubiera nadie más allí. Sintió un gran dolor en su corazón al ver lo poco que le importaba, pero trató de recordar que eso ya no le afectaba.

–Lo siento, papá, pero no voy a hacerlo.

Otra noche más, otro baile benéfico.

Jack consiguió que su rostro no reflejara el aburrimiento que sentía. Estaban su abuelo y él en el jardín del Museo de la Ciudad de Nueva York. Desde allí, podían contemplar la Quinta Avenida y Central Park. A la anfitriona de esa noche, Madeleine Doremus Waldorf, nunca le había importado el clima y el mes del año en el que organizaba sus fiestas. Estaban varios grados bajo cero, pero no parecía preocuparle ese detalle. Había mandado colocar varios radiadores para que sus invitados pudieran estar cómodamente en el exterior de la casa y las damas presentes pudieran lucir sus mejores galas sin temor a resfriarse.

Pero él no tenía ojos para ninguna de ellas, solo podía pensar en Larissa Whitney.

Sabía que iba a asistir a esa fiesta, pero aún no la había visto. Habían pasado dos días desde que pasara la noche en su piso y no podía pensar en nada más. Ella le había pedido que se fuera y lamentaba haberla obedecido. Habría preferido quedarse, pero al final decidió respetar los deseos de Larissa.

Creía estar más perdido que nunca.

–Esto es de locos. ¿A quién se le ocurre organizar una fiesta al aire libre en el mes de diciembre? ¿Acaso así va a poder reunir más dinero para sus obras de caridad? –gruñó su abuelo–. Lo más seguro es que muramos de hipotermia.

Decidió ignorar su comentario, llevaba toda la noche

haciéndolo. También había aprendido a ignorar lo que sentía por la mujer más inapropiada de todo Nueva York. Pensó que quizás llevara cinco años ignorando sus sentimientos.

Su padre también estaba en esa fiesta. A él no le costaba ignorarlo, lo hacía encantado.

–Felices fiestas, abuelo –murmuró Jack entonces con tanta sinceridad como pudo reunir en ese momento.

Su abuelo lo miró con el ceño fruncido.

–Serían mucho más felices si pudiera morir en paz, sabiendo que el apellido familiar no va a terminar contigo –le dijo el hombre–. Pero parece que prefieres ofender a todas las herederas de Manhattan y no aceptar tu responsabilidad.

Estaba cansado de tener esa misma conversación con su abuelo. Pero la vio entonces y no pudo pensar en nada más.

Estaba abriendo las puertas que daban a la terraza y vio que llegaba rodeada por algunas de las herederas más conocidas de Manhattan, jóvenes más interesadas en las obras benéficas que en las fiestas. Hablaban animadamente y le dio la impresión de que Larissa parecía estar muy a gusto con ellas. Le llamó la atención ver que su vestido era apropiado y que ya no intentaba escandalizar a nadie con sus atuendos.

Estaba bellísima y parecía iluminarlo todo con su presencia. Llevaba un vestido de color fucsia que resaltaba cada curva de su torso hasta la cintura. Adornaba su escote un collar de brillantes que rivalizaba con las estrellas del cielo.

Aunque estaba a muchos metros de distancia, se quedó sin aliento y todo su cuerpo reaccionó al verla.

Una vez más, se dio cuenta de que estaba mucho más perdido de lo que habría creído posible.

Esa nueva Larissa parecía haber llegado para recuperar su hueco en la sociedad. Se sentía orgulloso de ella, pero también le aterraba la situación. Le daba la impresión de que la había perdido para siempre.

–Esa no podría ser nunca una de las candidatas –comentó entonces su abuelo mientras miraba a Larissa–. No, señor. Esa solo nos traería problemas. No ha hecho otra cosa desde el día que nació.

–No la conoces, abuelo –la defendió Jack–. A lo mejor, su actitud es fruto de las circunstancias en las que ha tenido que vivir. Creo que deberías sentir más compasión por ella.

–No te confundas, la conozco muy bien –le dijo su abuelo mirándolo a los ojos–. Es igual que tu padre, no tiene moral ni le importa. Será mejor que te obsesiones con alguna otra.

En ese momento, sintió Jack que algo estallaba en su interior y lo vio todo mucho más claro.

Miró a su abuelo, seguía observándolo con el ceño fruncido y gesto de reproche.

Se fijó entonces en Larissa y vio que Chip van Housen se había vuelto a acercar a ella. Aunque estaba muy lejos, supo que la sonrisa de ella no era real.

Estaba harto. Harto de todo.

–¡Ya basta! –le dijo con firmeza a su abuelo.

No lo hizo en voz alta, pero sí con seguridad. Cuando miraba a su abuelo, se sentía culpable de cosas que no iba a poder cambiar nunca. Su madre nunca llegaría a ver el hombre en el que se había convertido y no podía cambiar que su padre fuera como era. Llevaba demasiado tiempo llevando a sus espaldas esa pesada carga y se había acostumbrado a ello.

–¿Como has dicho? –le preguntó su abuelo.

–Lo siento, sé que no soy el nieto con el que soñabas y siento no poder cambiar lo que sientes por mí. Cuando veo cómo es mi padre, no te culpo, pero creo que ya he pagado mi penitencia durante demasiado tiempo y no quiero seguir haciéndolo.

–¿Tiene esta reacción algo que ver con esa joven?

–le preguntó su abuelo con incredulidad–. No te conviene acercarte a esa mujer. Solo te traerá problemas.

–Yo decido lo que me conviene –repuso Jack con seguridad–. Te he obedecido durante años por lealtad y respeto, pero no me has dado nada a cambio. Ya me he cansado.

–Jack… –comenzó su abuelo.

–Siento que me odies tanto, de verdad que lo siento. Pero no puedo permitir que eso me condicione. No puedo cambiarlo y estoy cansado de intentarlo. Soy el futuro de la familia Endicott, abuelo, lo quieras o no. Vas a tener que confiar en mí.

Su abuelo se quedó mirándolo con los ojos muy abiertos. Pasara lo que pasara, no se arrepentiría de estar aclarando las cosas con él. No quería hacerle daño, pero no podía evitarlo. Se dio cuenta de que debía haberlo hecho mucho antes.

–Yo no te odio –le aseguró entonces su abuelo–. No te odio, Jack. Pero la echo mucho de menos.

Vio que su tono de voz era distinto y, de repente, le pareció un anciano, más viejo y cansado que nunca. Supo que le hablaba de su madre, Laurel Endicott Sutton.

–Yo también, abuelo. Siempre le echaré de menos.

–Lo sé, lo sé –susurró su abuelo.

Tuvo claras entonces muchas cosas como no había sido capaz de ver antes. No había visto la verdad hasta ese momento.

Rodeó con su brazo los hombros de su abuelo. Era mucho más frágil de lo que había pensado. Se dio cuenta de que no podía cambiar el pasado, pero sí podía tratar de mejorar el presente y estaba dispuesto a hacerlo.

–Todo va a salir bien, abuelo –le dijo entonces con seguridad–. Todo va a salir bien.

Larissa no tardó en darse cuenta de que Chip van Housen no iba a aceptar un «no» por respuesta. Sin dejar de sonreír, siguió bailando con él.

–No vas a poder ignorarme toda la vida, Larissa –le dijo Chip.

El aliento le olía alcohol y no le agradaba que le dedicara tanta atención. No entendía cómo podía haber pasado tanto tiempo con él durante esos años. Trataba de no pensar en esos días, habían cambiado muchas cosas desde entonces.

Era una noche preciosa y fría, pero habían conseguido que ese maravilloso jardín estuviera aislado del resto del mundo. Habían decorado todo con luces y farolillos y, si cerraba los ojos para no ver con quién estaba bailando, podía fingir que estaba pasándoselo bien.

Pero Chip no parecía dispuesto a respetar sus negativas. La tercera vez que intentó besarla, decidió que no iba a aguantarlo más. Se apartó de él y se alejó de donde estaban todos. Decidió esconderse en un apartado rincón del jardín, para que nadie los viera. Sabía que no podría librarse de Chip sin que le hiciera una escena.

–¿Quién crees que eres para alejarte así de mí? –le dijo Chip mientras agarraba su brazo.

Consiguió zafarse y mirar a su alrededor. Algunos invitados podían verlos allí, pero esperaba que al menos no escucharan su conversación.

–No lo sé, pero acabo de hacerlo –le dijo ella con tranquilidad–. No quiero bailar contigo, Chip. Solo intentaba ser educada, pero ya no me apetece seguir siéndolo. No vuelvas a pedírmelo.

Recordó lo atractivo que había sido unos años antes, pero ya no lo era. Había mucha crueldad en su mirada.

–No voy a dejar que me rechaces –repuso Chip.

–No estés tan seguro, acabo de hacerlo –le dijo ella.

–Tú nunca te niegas, Larissa –insistió mientras se acercaba a ella y la miraba con desprecio–. No te niegas nunca. ¿A qué estás jugando ahora? ¿De verdad piensas que la gente va a creer que has cambiado?

Jack le había hecho la misma pregunta y no le había gustado, pero le desagradaba más aún viniendo de Chip.

Levantó la cabeza orgullosa, fingiendo más fuerza y valentía de las que sentía. No le había resultado tan difícil enfrentarse a su padre, pero era muy distinto tener que recordar lo peor de su propio pasado, lo que representaba Chip.

–Voy a tratar de ser muy clara –le dijo ella–. Quiero que me dejes en paz y preferiría no seguir hablando del tema.

–No puedes decirme lo que tengo que hacer… –repuso Chip acercándose amenazadoramente a ella.

–No me asustas –mintió ella–. A lo mejor no te has dado cuenta todavía, pero no soy la misma persona que conociste. Esa Larissa Whitney no va a volver, así que tendrás que buscarte otra compañera para tus sórdidas aventuras.

Chip se quedó mirándola un instante. No fue hasta ese momento consciente de cuánto lo odiaba. De hecho, se dio cuenta de que siempre lo había odiado y que él había sido su principal cómplice en el camino de autodestrucción en el que había estado metida. No sabía cómo no lo había visto antes ni cómo había permitido que ese hombre débil y desagradable la manipulara durante tanto tiempo.

–Todo eso es muy bonito, Larissa –le dijo Chip–. Pero me parece patético ver a la mayor mujerzuela de la ciudad vestida como si fuera una dama. ¿Cuánto tiempo crees que vas a poder mantener esta fachada antes de acabar de nuevo en la calle? Nadie se lo cree –agregó riéndose–. Nadie.

Sintió terror y vergüenza en esos momentos y supo que Chip tenía razón. Bajó la mirada para no tener que ver las caras de los invitados. Supuso que estarían observándolos y riéndose de ella. Temía que ellos tampoco la creyeran capaz de cambiar y siguieran considerándola un despojo humano, igual que había hecho siempre su padre.

Le daba terror pensar que no hubiera servido de nada

todo lo que había intentado cambiar durante las últimas semanas.

Sintió un nudo en el estómago, no se encontraba bien. Trató de respirar profundamente para calmarse.

Lo miró entonces a los ojos y pensó que, de ellos dos, ella era la única que sabía quién era en realidad. Decidió que era mejor que ese hombre que, por muy y elegante que fuera vestido, tenía un interior grotesco.

−¿Quién te crees que eres? −le espetó Chip en ese momento.

Se dio cuenta de que en realidad no le importaba lo que Chip van Housen pensara. Era ella la que tenía que decidir quién era en realidad, no los demás.

−Soy Larissa Whitney −repuso ella con firmeza y sin que le importara quién pudiera estar escuchándola−. Y no me importa en absoluto lo que pienses de mí.

Chip se quedó con la boca abierta y no le dio tiempo a que reaccionara. Se dio la vuelta para alejarse de allí y fue entonces cuando vio a Jack.

La observaba con el ceño fruncido, como si llevara algún tiempo allí.

Como si hubiera escuchado esa horrible conversación.

Capítulo 12

UNA VEZ más, Larissa deseó que se la tragara la tierra en esos momentos. Le dolía tener que enfrentarse al hombre al que amaba cuando las horribles palabras de Chip aún resonaban en sus oídos, ensuciándolo todo.

Toda la fuerza y el poder que había tratado de reunir en su interior desaparecieron de repente y notó que le temblaban las rodillas. Jack alargó la mano y tomó su brazo. Se estremeció al sentir su cálida piel y lo miró a los ojos.

Creía que de nada le iba a servir cambiar su vida si no podía tener a ese hombre. Sabía que Jack no podía tener una opinión peor de ella y Chip acababa de confirmarle todo lo que ya imaginaba de Larissa.

Intentó contener las lágrimas. Aunque no pudiera estar con el hombre que quería, iba a tratar al menos de salir de ese paso con algo de dignidad.

–Después de todo, parece que tenías razón cuando me criticabas –le dijo ella con una sonrisa triste–. Estarás contento.

Jack no dijo nada. Se limitó a mirarla como si estuviera tratando de traducir sus palabras para poder entenderlas, como si ella fuera un complicado jeroglífico.

Vio que miraba a Chip por encima de su hombro y se tensó la mano con la que aún sujetaba su brazo. No pudo evitar estremecerse. Sobre todo, cuando Jack volvió a mirarla a los ojos. Parecía estar muy decidido. Fue entonces cuando sonrió.

Se quedó sin aliento al ver ese gesto, parecía feliz.

–Baila conmigo –le dijo Jack.

Había imaginado mil respuestas posibles y la que acababa de oír no era una de ellas. Se quedó perpleja.

–¿Que baile contigo?

–Sí, sé que sabes hacerlo –le aseguró Jack sin dejar de sonreír–. Te he visto bailar.

Recordó entonces al joven Jack, radiante y carismático, del que todas estaban enamoradas. Un apuesto y encantador adolescente que acaparaba las miradas de todo el mundo.

–¿Quieres que baile contigo? –insistió ella sin poder creerlo.

No sabía qué pensar. Habría preferido esconderse en un rincón y esperar a que se fueran todos los invitados. No podía moverse.

–Se me da muy bien bailar, Larissa –le dijo Jack desplegando sus muchos encantos–. Fue mi abuelo el que se encargó de que así fuera.

Fue entonces cuando entendió qué estaba pasando. Se sintió muy aliviada. Creía que Jack estaba tratando de ayudarla. No había mejor manera de repudiar a Chip. Estaba tratándola como a una mujer que merecía la atención del famoso Jack Sutton.

Pero no entendía por qué se molestaba en ayudarla.

Dejó que la llevara hasta la pista de baile y comenzaron a bailar. Tenía frío y calor al mismo tiempo y le costaba mantenerse en pie. Lo miró a los ojos y sintió que todo le daba vueltas.

Las familias más importantes de Nueva York rodeaban la pista de baile y los observaban. Jack y ella pertenecían a ese mundo, pero habría cambiado todo ese lujo y prestigio por la casa de una aislada isla de Maine sin pensárselo dos veces.

Colocó una mano sobre el hombro de Jack y dejó que la guiara. Estaban tocando un vals y él era muy buen bailarín. No podía ignorar la mano de Jack en la parte baja de su espalda, hizo que se sintiera muy viva.

No pudo evitar sonrojarse, también su cuerpo reaccionaba al tenerlo tan cerca. Aun así, no olvidaba las palabras de Chip.

Supo que aquel iba a ser su primer y último baile. No podía ser otra cosa. Jack se tomaba muy en serio su responsabilidad y tenía que reconocer que nunca la había mentido.

Por mucho que le doliera, tenía que admirar esa parte de él.

–Gracias –le dijo ella sin mirarlo a los ojos–. Es todo un detalle que hayas querido sacarme de esa situación. En nombre de todas las mujerzuelas de Nueva York, te doy las gracias.

Jack la buscó con la mirada y ella tragó saliva al ver sus ojos. Supo que estaba demasiado cerca y le pareció que la miraba con ternura.

–¿Qué crees que está pasando aquí? –le preguntó Jack.

–No tengo ni idea.

Le costaba entender por qué la estaba torturando de esa manera, alargando aún más la agonía.

–Usa tu inteligencia, Larissa –le sugirió Jack–. He oído que la usaste muy bien ayer para recuperar tu sitio en la empresa.

Le agradó que lo supiera, pero creía que eso no cambiaba nada.

–No puedo jugar contigo, Jack –susurró ella–. Tu abuelo nos va a ver juntos y no te conviene. Ya he visto que algunas de tus pretendientas están presentes en la fiesta.

Jack la atrajo entonces contra su cuerpo. Se quedó sin aliento al ver cómo la miraba.

–Pero ellas no me interesan –le dijo Jack–. Tú, sí.

–No, no es verdad –protestó Larissa al oír lo que acababa de decirle.

Jack estuvo punto de echarse a reír, pero vio cuánta angustia había en sus ojos y no lo hizo.

—Ya lo he probado una y otra vez —le aseguró él—. Me ofende que no te hayas dado cuenta.

—Estás hablando de sexo —susurró Larissa con la voz quebrada—. ¿De qué ibas a estar hablando si no?

Le dolió oírla hablar de esa manera. Le entraron ganas de ir en busca de Van Housen y darle un buen puñetazo en su cara.

—¿Por qué le haces caso a ese…?

—Hace muchos años que no me importa lo que diga Chip van Housen —lo interrumpió Larissa—. Pero a ti sí te he hecho caso —agregó con lágrimas en los ojos.

En ese instante, recordó los insultos y sus crueles palabras. No entendía cómo había podido portarse así con ella. Era como si hubiera querido castigarla al verse hechizado por esa mujer.

—Larissa... —susurro él.

—Me odias —le dijo Larissa con seguridad—. Crees que soy una mujerzuela, nada más.

Se quedaron los dos en silencio mientras seguían bailando. De repente, pensó en los días que habían pasado en la isla de Endicott desde otro punto de vista, el de ella.

Pensó que, si Larissa le había dicho la verdad desde el principio, contándole por qué estaba allí, si todo eso era cierto, él se había comportado con ella de una manera horrible.

Vio mucho dolor en su rostro y le costó comprender cómo, a pesar de todo lo que le había hecho, seguía allí, bailando con él en vez de mantenerse tan alejada de su verdugo como le fuera posible.

—No te odio —le dijo él con más sinceridad que nunca—. Te quiero.

Larissa frunció el ceño al oírlo.

—¿Pretendes que me lo crea? ¿Piensas que eso lo cambia todo?

Uno de los dos dejó de bailar, no habría sabido decir

cuál. Él se veía incapaz de seguir bailando cuando Larissa parecía estar a punto de salir corriendo. Y temía que esa vez fuera para siempre. No le importaba que los estuvieran observando ni que su abuelo estuviera también allí.

Larissa era la única persona que le importaba.

Agarró sus caderas para que no se moviera de su lado.

—Soy un imbécil —le dijo él entonces—. Eres la única mujer por la que he sentido algo.

—Soy la única que te ha dejado.

—Y más de una vez —confirmó él—. Aun así, no puedo estar lejos de ti. No lo soporto. Creo que he estado enamorado de ti desde que nos encontramos en esa fiesta de hace cinco años.

—¡No sabrías lo que es el amor aunque te mordiera! —exclamó Larissa.

Parecía enfadada, pero vio que se estaba formando una tormenta en sus ojos. Le recordó a la isla en la que habían compartido unos momentos maravillosos.

—Entonces, muérdeme tú, Larissa, y ya veremos qué pasa —le sugirió él.

Larissa se sonrojó y él suspiró aliviado. Tomó sus manos y se las llevó al pecho. Sin dejar de mirarla a los ojos, besó una y después la otra.

—Te quiero. Es la verdad. No sé cómo demostrártelo, pero es así. Dame una oportunidad y lo haré, te lo prometo —le dijo él con firmeza.

Ella se quedó mirándolo sin decir nada. Después, soltó el aire que había estado conteniendo y miró a su alrededor. Estaban en medio de la pista de baile. Era una de las fiestas más importantes del año y todos los observaban. Podía oír cómo murmuraban.

—Estás montando una escena —le susurró Larissa.

Pero vio que ya no estaba enfadada y que había otra luz en sus ojos. Era la verdadera Larissa, la que solo él conocía.

–No me importa –repuso él.

Larissa le dedicó entonces una sonrisa maravillosa, una de verdad. Era preciosa y real. Habría podido iluminar todo Manhattan.

–Eso dices ahora, pero no sabes lo horrible que es ser el protagonista de los rumores y cotilleos de la gente.

–Si van a hablar de nosotros, será mejor que les demos un poco más de material –le aseguró él.

La tomó de nuevo entre sus brazos y le dio un apasionado beso delante de lo más selecto de Nueva York.

Eran las primeras horas del día de Año Nuevo y ya estaban juntos en la cama de su dormitorio en Scatteree Pines. Seguía nevando, pero allí dentro estaban a salvo y no tenían frío, todo lo contrario.

Larissa nunca se había sentido así. Era feliz y se sentía completa. Le parecía increíble estar de nuevo en esa casa, haciendo el amor con Jack, sintiéndolo dentro de ella.

–Te quiero –murmuró medio dormida algún tiempo después.

Tenía la cabeza apoyada en su torso y vio que cada vez nevaba con más fuerza. Era feliz en esa isla y no pudo evitar sonreír.

Jack le acariciaba la espalda, el momento no podía ser más perfecto.

–Vas a tener que casarte conmigo –le dijo entonces él como si llevara mucho tiempo pensándolo.

No le sorprendieron sus palabras, las había estado esperando. Eran muy parecidos. Habían crecido en los mismos círculos sociales y tenían pasados similares. Se había dado cuenta de que solo había un futuro posible para ellos y que podía ser feliz. Ya no tenía ninguna duda.

–Solo si me prometes una cosa –repuso ella mientras levantaba la cabeza para mirarlo a los ojos.

–Lo que quieras –le dijo Jack.

No terminaba de acostumbrarse a estar así con él. Lo amaba más de lo que habría creído posible y se sentía también muy amada.

–Quiero una gran boda con cientos de invitados –le dijo ella–. Tienen que estar todas las grandes familias de Nueva York. Invitaremos a los Rockefeller y a los Roosevelt. Quiero un vestido con una larga cola y docenas de damas de honor.

Jack se echó a reír.

–¿Por qué ibas a querer algo así? –le preguntó–. Parece una auténtica pesadilla.

–Es que no quiero que nadie tenga ninguna duda –susurró ella–. No quiero que piensen que te he engañado para que te cases conmigo.

–Pero la verdad es que lo hiciste. Llevo cinco años hechizado –repuso Jack dándole un beso en la boca–. Y he estado perdido desde entonces.

–Quiero que sea una boda como las de los demás, como la que espera tu abuelo. Después de todo, se trata de la fusión de dos fortunas y dos importantes familias de este estado.

–No esperaba algo así de ti –le dijo Jack–. Yo quiero casarme contigo, Larissa, no con la versión de ti que otros esperan.

Sabía que lo decía de verdad y le emocionó.

–Sería una especie de regalo de bodas para nuestras familias –dijo ella.

Abrió el primer cajón de la mesita de noche hasta encontrar lo que buscaba. Tomó las esposas y sonrió a Jack. Era una sonrisa de verdad, bastante traviesa, pero real.

–El matrimonio, en cambio, es solo para nosotros –le susurró ella mientras enganchaba una mano de Jack al cabecero con ayuda de las esposas.

Comenzó a acariciar su torso y no tardó en sentir que se excitaba una vez más. Las llamas del deseo se avivaban cada vez que estaban cerca. Nunca se cansaban el uno del otro.

Dejó de acariciarle y lo miró a los ojos, esperando que protestara, pero Jack se echó a reír.

–Ya te lo dije una vez. No puedes hacer nada que no haya hecho yo antes. No puedes escandalizarme, Larissa –le dijo Jack con un brillo especial en su mirada–. Pero puedes seguir intentándolo…

Y eso fue exactamente lo que hizo ella.

Bianca

**Ella le entregó su inocencia…
él le entregó un anillo**

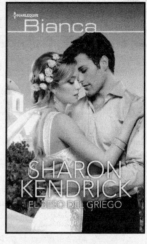

EL BESO
DEL GRIEGO

Sharon Kendrick

Tamsyn perdió la inocencia, en una noche mágica, con un multimillonario y famoso playboy griego. No esperaba volver a ver
a Xan Constantinides, pero este le propuso un matrimonio de
conveniencia. Le resultó difícil negarse porque él, a cambio, le
ofrecía una fortuna y ella quería ayudar a su hermana. Pero
Xan era peligrosamente adictivo, y si no tenía cuidado podría
enamorarse de él para siempre.

Acepte 2 de nuestras mejores novelas de amor GRATIS

¡Y reciba un regalo sorpresa!

Oferta especial de tiempo limitado

Rellene el cupón y envíelo a
Harlequin Reader Service®
3010 Walden Ave.
P.O. Box 1867
Buffalo, N.Y. 14240-1867

¡Sí! Por favor, envíenme 2 novelas de amor de Harlequin (1 Bianca® y 1 Deseo®) gratis, más el regalo sorpresa. Luego remítanme 4 novelas nuevas todos los meses, las cuales recibiré mucho antes de que aparezcan en librerías, y factúrenme al bajo precio de $3,24 cada una, más $0,25 por envío e impuesto de ventas, si corresponde*. Este es el precio total, y es un ahorro de casi el 20% sobre el precio de portada. ¡Una oferta excelente! Entiendo que el hecho de aceptar estos libros y el regalo no me obliga en forma alguna a la compra de libros adicionales. Y también que puedo devolver cualquier envío y cancelar en cualquier momento. Aún si decido no comprar ningún otro libro de Harlequin, los 2 libros gratis y el regalo sorpresa son míos para siempre.

416 LBN DU7N

Nombre y apellido	(Por favor, letra de molde)

Dirección	Apartamento No.	
Ciudad	Estado	Zona postal

Esta oferta se limita a un pedido por hogar y no está disponible para los subscriptores actuales de Deseo® y Bianca®.
*Los términos y precios quedan sujetos a cambios sin aviso previo.
Impuestos de ventas aplican en N.Y.

SPN-03   ©2003 Harlequin Enterprises Limited

DESEO

*Si la oveja negra de la familia, el multimillonario
Deacon Holt, se casaba con Callie,
su padre le reconocería y le aceptaría.*

Amor sin engaños

BARBARA DUNLOP

Las órdenes que le habían dado a Deacon para ser aceptado en la familia eran sencillas: casarse con Callie, la viuda cazafortunas de su hermanastro, y devolver a sus hijos a la familia.

Sin embargo, esa mujer no tenía nada que ver con lo que se había esperado. Callie no resultó ser la cazafortunas que le habían prometido. Le hacía arder de deseo y replantearse sus egoístas intenciones.

¿Engañar a Callie y a sus hijos era un precio que estaba dispuesto a pagar por el amor de su padre?

**Estaba dispuesto a reclamar a su bebé...
¡y a su prometida!**

LA MUJER MISTERIOSA

Rachael Thomas

El magnate Marco Silviano no podía olvidarse de la misteriosa mujer con la que había pasado una semana increíble en una isla. Encontrarse cara a cara con Imogen en Inglaterra le resultó sorprendente. Sobre todo cuando se enteró de que ella estaba esperando un hijo suyo. Sabiendo que su hijo garantizaría la dinastía de su familia, Marco persuadió a Imogen de que aceptara un anillo de compromiso. Una vez comprometidos, el ardiente deseo que vibraba entre ellos y el inmenso atractivo de Imogen pusieron a prueba el autocontrol de Marco...

9